年过五十，我决定"离家出走"

苏 敏／口述
卓夕琳／执笔

华中科技大学出版社
http://www.hustp.com
中国·武汉

图书在版编目 (CIP) 数据

年过五十，我决定"离家出走" / 苏敏口述；卓夕琳执笔 . — 武汉：华中科技大学出版社，2021.7（2024.10重印）
ISBN 978-7-5680-7194-9

Ⅰ . ①年… Ⅱ . ①苏… ②卓… Ⅲ . ①纪实文学 – 中国 – 当代 Ⅳ . ① I25

中国版本图书馆 CIP 数据核字 (2021) 第 104409 号

年过五十，我决定"离家出走" 　　　　　　　　　　苏敏 口述，卓夕琳 执笔
Nian Guo Wushi, Wo Jueding "Lijia Chuzou"

策划编辑：	饶　静
营销编辑：	李升炜　周　婷　刘晓清　吴雨馨
责任编辑：	饶　静
封面设计：	红杉林文化
责任校对：	李　琴
责任监印：	朱　玢
出版发行：	华中科技大学出版社（中国•武汉）　电话：(027)81321913
	武汉市东湖新技术开发区华工科技园　邮编：430223
录　　排：	华中科技大学惠友文印中心
印　　刷：	湖北新华印务有限公司
开　　本：	880mm×1230mm　1/32
印　　张：	7.5
字　　数：	142 千字
版　　次：	2024 年 10 月第 1 版第 5 次印刷
定　　价：	56.00 元

本书若有印装质量问题，请向出版社营销中心调换
全国免费服务热线：400-6679-118　　竭诚为您服务
版权所有　侵权必究

这是一本未完成的书。

因为，

苏敏的旅途才刚刚开始，

她的人生才刚刚开始。

序一：给所有想要改变的女性

在苏敏没有通过网络"爆火"之前，"中年妇女"这个具有广泛指代意义的群体，很少出现在社会讨论的议题中，人们会更多地关注孩子、老人、青年人、职场人……

这批出生在二十世纪五六十年代的女性，她们大部分沉默着，在没有聚光灯照射的日常生活中，扮演着这个世界最不可或缺的角色，同时也是卑微的角色。

第一次在网络上读到苏敏的故事时，我心中更多的是不解和疑惑。带着疑团，我来到苏敏身边，尝试获取答案。困惑已久的问题，在见到苏敏的那一刻，都解开了。

2020年的12月，我陪着苏敏一路从西双版纳开车到海南文昌。将近15天的行程，我，一个以前从未与她有过交集的人，就这样硬生生地闯入了她的生活，留下了痕迹。可我终究只能扮演一个倾听者，听她慢慢讲述那些发生在自己身上，又似乎是别人的故事。

陪她的那段日子里，我在她的脸上几乎读不出太多的悲戚，可转瞬间，又能捕获到她眼神里的"游离"。

苏敏告诉我，在她们那个年代出生的女性，很难去选择自己的人生。在物资匮乏、教育落后的情况下，大多数人的命运都是提前安排好的，家庭观念的根植，很多时候会变成一生不能摆脱的枷锁，很多行为都可能要受其操控。

那个时候，我想起了余华先生的一句话："如果从伦理道德和处世哲学的角度来探讨中国这六十年的社会变迁，那么家庭价值观的衰落和个人主义的兴起可以作为一条历史的分界线，显现出同一个国度里的两个截然不同的世界。"而这，是时代发展的一次次阵痛，更是苏敏找寻自己的意义。

这本书用纪实的手法，记录了苏敏短暂的"逃离生活"，同时复述了她的过去。整个过程表面上是一场未完成的旅程，更多的则是展现苏敏如何在旅途中重塑自我。

苏敏的故事，是中国千千万万个家庭生活的缩影，每个女性都可能从她的身上捕捉到一丝自己过往的影子。她不再仅仅是一个简单的中年妇女，在她的身上，你能看到被忽视、深受"重男轻女"意识影响的童年经历，也能看到被折磨、不被尊重的婚姻，更有不堪忍受的家族枷锁。

而这一切，也是所有女性都有可能面临的问题。

III

在当下，相对而言，有一定知识、受过高等教育的女性，可能会更容易摆脱这种困境。而对于那些受教育程度不高、缺乏经济实力支撑的"中年女性"来说，想要求变，阻碍和困难无疑会更多。

而苏敏试图勇敢一把。她开始奋力挣脱，且略见成效。当一个年过半百的妇女，抛开一切，去做一件从没做过的事情时，她就已经胜利了。

苏敏深知，人生永远是一次单程线路的冒险，没有哪条路可以回到起点，甚至回不到上一个十字路口。就像不幸的童年、错误的婚姻、无法选择的原生家庭，她都没有办法选择和改变。唯一能做的，只是改变自己。错了的事情，就让它成为伤疤，新的生活，大不了再来。

更重要的是，苏敏的"出逃"给了更多有着相同境遇的女性一种勇气。不管她们是否能以苏敏的经历作为参照，她们至少可以开始尝试去改变，换一种活法。这也是本书想要表达的，更是苏敏的"逃离"想要传递的真正意义。并且，这种意义是双向的。

谨以此书献给所有想要改变的女性。

卓夕琳
2021 年 4 月 26 日

序二：苏敏就是这个时代的娜拉

从听到苏敏的故事到见到她本人，中间隔了三个多月的时间。在此期间，我们看了三个有关她的采访视频。

在这些采访中，她有时候显得特别勇敢，能够从生活的泥沼中拔起一只脚往前走；但有时候她依然显得有一点怯懦，不敢拔起另一只仍在泥沼里的脚。

见到她后，我们发现苏敏并没有那么纠结。

与其说她是一个五十多岁饱经沧桑的女人，不如说她更像一个刚刚走出家门的孩子，随着经历的丰富正在迅速成长着。昨天不敢轻易说出口的话，遇到了更多的人和朋友，看到了更多活法后，就敢堂堂正正地说出来了。

比如，"为自己而活"这个口号，对所有年轻一代来说似乎都是不辩自明的，但对苏敏而言，这句话却是她在半生的困苦和数万公里的独行之后，才有勇气大声说出的。

在这本书里，我们看到的不是一个完美的女性偶像，而是一个既抽象又具体的女人。

她曾经忍受、挣扎、沉默、犹豫，也终于愤怒、觉醒、反抗、出逃。

她是千千万万传统女性的一个缩影。人生的大半辈子都是为了完成作为女儿、妻子和母亲的职责。所谓的自我完全被生活的琐碎和压力淹没，没有人关心她的心灵。

但她也有千千万万传统女性所没有的顿悟。在她平凡而压抑的生活里，突然出现了千千万万女性所没有的惊醒时刻。这种惊醒时刻之所以会出现，在外界的理解中需要的是一种非凡的勇气，但在苏敏的自述中，这仅仅是出于一种求生的本能，让她意识到不能继续麻木地忍受着一切，要醒过来。

一个人的心灵一旦苏醒了，就很难回到沉睡的状态中去。一旦意识到自我的存在，就会需要被看到、需要被爱、需要被倾听和理解。

所以，醒过来的苏敏，会用更多美好的生活体验，冲淡曾经留下的"浓稠"伤痛，结识新的朋友，在鼓励和认可中找回一度被打击到自毁的那个自我。

而找到自我，并不是一个瞬间就能完成的事情。它需要无数次对自由的窥探、对自主的尝试、对独立的练习，才能逐渐打开那个被以往的恐惧、习俗、权威层层包裹束缚的自我。

这不仅仅是她的使命，也是每一个心灵觉醒后的人需要面对的共同人生课题。

在 1923 年,鲁迅在《娜拉走后怎样》中揭示了离家出走的娜拉的结局,不是堕落,就是回来。快一百年过去了,苏敏就是这个时代的娜拉。但她既没有回去,也没有堕落,而是点燃了自己的生命之火,照亮了自己的人生,也照亮了许多人的前路。

祝每一个打开此书的人,都能在苏敏的书中找到追求自我的勇气,踏上寻求美好和自由的路。

路途遥远,愿我们守望相助;

或早或晚,愿我们终将相遇。

"木棉说"编辑部

2021 年 6 月 8 日

目 录

001	出逃
023	童年和救赎
049	婚姻的墙
071	松绑
091	在路上
117	彩云之南
157	西双版纳
185	越过山川
219	后记

出逃

1. 黎明

2020 年 9 月 24 日，农历八月初八。

56 岁的苏敏，离家出走了。她开着一辆小 Polo，拖着一顶帐篷，揣着一张没有几个钱的银行卡，走得坚决。

"最难的时候已经过去了，我要开始新生活。"苏敏站在家门口，对送行的女儿说。

"尊重你的选择。"女儿面向她。

苏敏想要的尊重，不是女儿口中简单的几个字。在苏敏过去 56 年的生命和 30 多年的婚姻围城中，尊重只存在于生活的幻想里，当有一天泡泡被戳破，她也就衣不蔽体了。

这场蓄谋已久的逃离，苏敏准备了两年。离开那天，秋分时节刚过，北半球的白昼时间，渐次缩短，华北平原的天，清晨6点就已透亮。早就醒来的苏敏，看到天亮了才坐起身子，将被子叠得棱角分明，端端正正放在枕头上，像是在军营里一样。苏敏蹑手蹑脚地从床上爬下来，生怕动作幅度过大，惊醒了睡在下铺的丈夫，引来气受。

而丈夫此刻的鼾声告诉苏敏，他根本未受影响。

"这样的日子终于要结束了。"苏敏松了一口气，从上铺下来后，她站在门口看着丈夫，脸上读不出情绪，看了有5分钟才走出卧室。

给一家人准备早饭是苏敏干了半辈子的活儿。小时候给弟弟们准备，后来为丈夫、女儿准备，现在还多了女婿和外孙们。

"今天的早饭方便，包好的饺子，煮一煮就能吃。"苏敏给锅里添满水后打开冰箱门，从冷冻格里拿出两袋饺子。

"上车饺子，下车面。"遵循北方传统，晓得今天要出门，饺子头一天下午苏敏就包好了。

本计划昨天就出门的苏敏，硬生生被女儿按住。

"初七不出门，初八不回家，明天再走。"不知道女儿是刻意的，还是舍不得，真到了分开的关头，竟有些不愿放手。

苏敏拗不过女儿，多一天少一天，倒也无妨。要走的决心早已下定，也不是一两句话就可以扭转的。

吃完早饭后，苏敏没有去洗碗，而是抓紧时间洗漱。等一切都准备完毕，也才花了十来分钟。她去卧室瞧了瞧两个外孙，孩子们还在睡，苏敏不自觉伸出的手，又缩了回来。

"我走了，免得一会儿孩子醒了，又闹，就不好走了。"苏敏从孩子屋里出来，顺手把门轻轻合上。

"也好，不然一会早高峰，出城会堵车。"女婿看着不说话的妻子，赶紧回答。

"注意安全啊，妈，有事记得打电话。"女儿杜晓阳似乎意识到母亲真的要走，这才一遍遍补充道。

"放心吧，我没事，看好孩子们。"苏敏拿起放在沙发上的黑色书包，它曾是自己带孩子时用的妈咪包，现在褪去了这一职责。用最快的速度穿上一双红色运动鞋，苏敏一脚踏出门外，"咚"的一声把门闭上。

"再多一会，就更舍不得，赶紧走、赶紧走得了。"苏敏一边下楼一边说服自己，她没有刻意去等电梯，担心如果自己停下来往回看的时间太长，会失去前进的勇气。

自始至终，丈夫老杜都没有走出卧室。或许他还没有醒来，又或许他早已醒来，只是并不在意。

苏敏把车开出地下车库，看着后视镜里追出来的女儿，有些哽咽。

她定了定神,用力踩了一脚油门,把车开出了小区的院门。

混进主街的车流,苏敏还是撞上了早高峰。从来没有经历过早高峰的她,有些激动,眉毛压不住地往上翘,嘴角也呈弧线上扬。

"总算体验了一把女婿上班的感觉,这不挺好吗?"苏敏羡慕女婿开车上班,更羡慕他可以时常出差。有一次听说女婿要坐火车出差,苏敏说自己最大的心愿就是出差。

她这个心愿,让女婿哭笑不得,一个劲儿说:"妈妈的心愿太恐怖了。"

耗费了1个小时,苏敏才挤上出城的快速路。"往南走"是她唯一的规划。出城后的苏敏,越开越快。她夺回了本就属于自己的小车,这部白色小Polo,因为自身长时间处于带孩子的身份中,让丈夫不分缘由地霸占。而现在,苏敏终于不用有丝毫顾虑,完全掌控了这部车的支配权。

"出门在外,天气越来越冷,我想去温暖的地方,睡帐篷也不怕冻着。"这是自己第一次自驾出游,一个人、一部车、一顶帐篷,苏敏这样的打算,合情合理。

不走高速,少收费,是苏敏给导航设置的路线偏好。

"精打细算,才能在外面待得久。"

"走高速,一个月退休金都不够跑到成都。"苏敏心里明白,

苏敏驾车驶出城外,新的生活开始了。

自己每月那 2380 块钱的退休金,就是全部的旅行资金,她要盘算着用。

此刻,驶出城外的苏敏,终于为自己的生活挤开了一道口子。她知道自己自由了。

2. 出逃

从开始准备物资到真正离开,苏敏花费了两年时间。攒下的 2 万块钱,光买物资就花去了 1.2 万。

"买帐篷就花了 3000 多块,还是最便宜的那种。"

"其他的零零碎碎都挑便宜的买,唯独买了一口贵的不粘锅,花了 300 多块。"

虽说没有最终的目的地,但第一天到哪里扎营,苏敏还是有个大致规划。

"顺着310国道,开到三门峡。"而走了100多公里后,苏敏在一个大坝上停下了车。她临时决定要去小浪底待一夜,"黄河就在身边,总得去看看'飞流直下三千尺'吧。"

"飞流直下三千尺"是苏敏说给自己听的,不管是否恰当,她只能想起这么一句诗。出生在那个年代,即便有高中学历,可经过了岁月的洗涤,有些东西也洗没了。

"看了黄河再看长江,那才齐全。"轻易就说服自己的苏敏,并不觉得一出门就改变计划有什么不妥,她甚至有些痛快,可以随意做决定的痛快。她体验到一种从来没有过的话语权。

而距离现在最近的一次拥有话语权的时刻,是夺回这部车的那一刻。苏敏想起那天,她向丈夫老杜发难,伸手向他讨要钥匙,老杜想要急眼又没理的神情,笑出了声。那一刻,她冒着失去一切的风险,从黑暗生活里挣脱而出,迫使这个家庭将她视为独立的个体。

只是,在这短暂的笑声背后,却掩藏了她几十年的憋屈。

决定要出逃,是苏敏一瞬间决定的。如果没有那次偶然的点击,她也不会出逃。

那是2019年的冬天,一个平常的午后,在哄完外孙入睡后,苏敏一如既往地上网查找穿越小说。几乎每天都是这样,趁着孙子们睡觉，苏敏得以拥有片刻的放松，她说自己喜欢看穿越小说，那种虚构的、飘忽不定的世界，可以连接到她被封锁的内心。

"像是冲出了围城，自己成了小说主角。"

那天，苏敏没能正常打开小说界面，不知怎么点进了一个跳出来的链接。链接里是一位博主正在分享自己的自驾游经历的视频。苏敏被瞬间击中：人生，居然还有这样的选项。

被视频吸引的苏敏，将看小说的事情彻底搁置。

连着看了好几天视频后，苏敏告诉女儿杜晓阳，自己也可以。

杜晓阳并没有理会，权当自己母亲就像迷恋穿越小说一样，图个新鲜，闹个精神寄托。

看女儿一直没有响应，终于有一天，苏敏忍不住了，她把视频给杜晓阳，让她仔细看看。扫了一眼视频的杜晓阳丢下一句："可以是可以，但你啥时候能出得去？"

"啥时候能出得去？"一时间，这几个字横亘在苏敏面前，赤裸裸的，连遮掩都不必了。

2017年，杜晓阳生下一对双胞胎男孩。从那一刻开始，苏敏荣升为外婆，也接下了照看外孙的任务。她不想女婿负担太重，也不愿女儿太累。苏敏唯一能做的，就是克扣自己，来维系女儿家庭的和平。毕竟，这样的克扣，苏敏早已习惯。

而这一次,苏敏心意已决:"明年,等孩子们一上幼儿园,我就走。"

话一出口,杜晓阳没有在意,老杜更没有。可这话,苏敏自己相信。

从那天起,表面上苏敏照旧操持家务、照顾全家,实则暗度陈仓,利用每一个间隙,查找自驾游的攻略,收集视频。看到有用的装备,她就一点点加进淘宝购物车,从帐篷开始,到储物柜、冰箱、发电机、锅碗瓢盆、柴米油盐……

日益装满的购物车,和相应增加的账单金额,让苏敏有些为难。

为了多存一些资金,她开始偷偷录制短视频,白天偷偷摸摸地拍一些素材,比如做菜的,擀面条的,做辣椒酱的,带外孙出去玩的……晚上趁大家都休息了,再发布视频。为此,苏敏专门花199块钱买了视频剪辑课程。这件事不能被丈夫知道,不然肯定会招来讽刺,也不好意思被女儿女婿知道。

而她发布的那些粗劣、简单、毫无后期剪辑的视频,并没有掀起任何涟漪。

"基本上没人看,但我也发。万一哪天有人看,打赏了呢。"苏敏一贯的坚持,让她对此事并不气馁。

不气馁是因为有期盼,苏敏一边做着看似无用的事,一边盼望着下个春天的到来。她甚至想好了,等春天一到,将外孙们送进幼儿园的第二天，她就走。

不料预想中的脚步，被一场蔓延全国的疫情打断。幼儿园延迟入学，苏敏也被困在家中。

"看看还能出去吗？也不知道作个什么劲儿。"丈夫老杜有点幸灾乐祸。

苏敏无心跟他争辩，这样的话太过稀松平常，苏敏连心都不会紧一下。

"那我就慢慢再多攒点钱，多买些东西。"

"准备齐全，一走就不回头。"心意已决的苏敏，自动过滤掉老杜的碎语。丈夫老杜每日重复地看电视、玩手机、玩电脑，她觉得这些东西连起来，也无法填充一生的长度。苏敏想走的心，已经在路上。

熬到2020年9月中旬，苏敏和女儿一道把两个孩子送进了幼儿园。那天，苏敏特意化了妆，抹上了口红，穿上女儿多年前给她买的裙子，有种别样的韵味。

"任务已经完成，我该走了。"

在那一刻，女儿杜晓阳都无法确信，苏敏是否真的要走。当着女儿的面，她打开手机，直接下单了放进购物车里的全部装备。

这些被筛选再筛选的物件，在购物车里待了足够长的时间后，从那一刻开始,终于属于苏敏。

而此时,全家人才回过味儿:苏敏真的要走了。

苏敏出行的装备。

3. 夜幕

在国道上走得不算快，车行至半下午，苏敏才赶到小浪底。不确定具体哪个才是大坝的她，看见不远处的桥边有一辆小车，苏敏贴在它后面停了下来。

"大哥，这是黄河大桥吧？"苏敏朝站在车跟前抽烟的中年男子走去，他也是苏敏出发后遇见的第一个陌生人。

"对，这就是黄河大桥，下游还有几个，不过这是唯一一个挨着小浪底的。"

"去大坝咋走？大哥。"

"我带你去，咱不要门票，别人还要门票。"大哥这话一出，苏敏有些警觉，连忙道谢往后撤退。

估摸着苏敏也不像有钱人，说话的大哥也就没追上来。后来苏敏才搞懂，这个大哥在附近寻人，寻到了就拉去小浪底外围观光，收取一定费用。

"干脆先转一圈，找到停车过夜的地方，明天再逛。"苏敏暗自打算。

她拿出手机，在地图上搜索附近的停车场，接连找了两个，才找到一个可以停放房车的露天停车场。

"还可以，收费10块钱。"

"在小浪底桥这头，但也不算远。"

虽说找到了停车场，苏敏还是有些不适应，她把车停到了一个靠墙的角落，和停车场的房车刻意保持了一定的距离。

"晚上给自己煮个面，这就算安营扎寨了。"苏敏把手伸进车子后备箱里，掏出小桌子、板凳、瓦斯炉，先把这些摆好，最后才去提溜那口300多块的不粘锅。

"要爱惜，这么多年都没买过这么贵的小锅。"

"还想买个柴火锅，要400多，更贵，没舍得。"苏敏一边把水箱里的水往锅里倒，一边压住瓦斯炉开关点燃了火。

苏敏不知道眼前这个小瓦斯炉可以煮几顿饭，可她还是把火调到了最大，就像在家里煮饭时一样，开着最大的火炒菜。

"家里那个老说我开火小，炒菜不好吃。"

"我吃辣他不吃辣，什么都可着他来，还嫌不好吃。"

瓦斯炉虽然小，火力却不错，不到5分钟，面条就可入锅。白水和面条，在热力的作用下裹缠在一起，就像苏敏的过去一样，被外界的热力生生地裹挟。

"视频还是要接着录，坚持了这么久。"苏敏一边吃着沾满辣椒的面条，一边掏出手机对准自己。

"今天简单点,吃得也简单点,但是这辣子可真香。"她望着打开的屏幕,开始自言自语,又不由得左顾右盼一下,看看是否有人在瞅自己。

一顿饭从开始到结束,持续了1个小时。而接下来撑开帐篷,又耗费了苏敏1个小时。棕色的帐篷直接被固定在车顶上,取下黑色保护套,打开楼梯卡扣,再用手扣着楼梯从车一侧拉向另一侧,帐篷立刻就会挺起来,力气需要足够大,中间不能停顿。苏敏对操作还不算熟悉,这个拉起帐篷的过程,她歇了3次气。

撑开的帐篷像一个玩具小屋,有呈弧形的顶,也有通风的窗户。

苏敏尝试支开帐篷。

"褥子都是提前铺好的，就压在帐篷里面，但还是要倒腾被子、灯、电源什么的，还不够熟悉，得慢慢来。"苏敏的手机仍旧在对着她，而她也不能停掉这样的自言自语。

直到夜幕真正降临，苏敏才关掉手机录像。她把刚才收进后备箱的桌子再次掏出来，从桌子下的隔层里拿出洗漱用品。

"来的时候就问好了，有水，有厕所。"

苏敏端着小盆，朝公共卫生间走去，简单地洗了个脸，上完厕所，就赶紧小跑了回来。

"还是有点不放心，帐篷支起来了，里面还有东西。"

苏敏说不上来，她不晓得自己是真惦记帐篷里那些物什，还是惧怕陌生。不过，当她钻进帐篷里，把能和外界连通的拉链合上后，长吁了一口气。帐篷里的灯，散发着温和的暖光，苏敏把睡衣换上后，赶紧躺了下来。她想了想，给女儿发了一条微信："一切平安。"尔后伸手关上了灯。

露天停车场紧靠着马路，不时传来的国道上的喧嚣，是唯一填充这里寂静的声音。在黑暗的帐篷中，在露天停车场的几盏微弱的灯下，似乎什么都没有发生过，苏敏沉沉地睡去。

帐篷里的夜，没有恼人的鼾声，苏敏睡得格外安稳，以至于第二日醒来，已经过了9点。

苏敏习惯在睡觉前给女儿发个微信消息,报个平安。

起床换上一件天蓝色的短袖,苏敏顺着帐篷上的楼梯爬了下来,在家睡了 4 年多上下铺的她,爬起眼前的楼梯,驾轻就熟。

不过在收帐篷的时候,她有些不利索。从早上 9 点半开始,一直干到快 11 点,东一下、西一下,不是左边支出来一块,就是右边露出来一大截,怎么都合不上。最后没办法,苏敏看到一个来取车的小伙子,托小伙子帮忙,才收拾妥帖。

"谢谢,谢谢,实在太麻烦你了。"苏敏觉得有些不好意思,连忙道谢。

"没事,只是大姐你还得加强练习,下次遇不到人,你也要收得好。"小伙子倒也是上心,一直嘱咐。

白白耽误了一上午,苏敏随意吃了点昨日带出来的牛奶、面包。手机上收到一条女儿发来的消息:"你走了,他就出门打球去了,没有问过你。"

看完信息的苏敏没有回复,她跑到车后,拿出后备箱柜子里的梳子和头花,把头发高高地挽起,用头花固定,紧紧地贴在头皮上。

这样的造型似乎是为了区别过去。只是,头顶上有些花白的色彩,渲染着她的过往,大约这就是半辈子苦难的印记。苏敏不愿接受年龄的桎梏,用少女的头饰,刻意返回少女时代。

"换个发型,出发。"

到底,苏敏也没有买票进入小浪底大坝工程里头参观。她只是开着车,顺着外沿的路,看了看。水库早已变为社会属性,没有任何自然延伸出来的支脉,连观景码头都是为了一个由头而存在。而苏敏心里,更喜欢自然的事物。

"黄河也瞧见了,大坝也看到了。"

"出来自驾游,怎么可心怎么来。"对于没有买票去参观,苏敏认为完全正确。

溜达完后的苏敏,没做过多停留,开着车一路往南。在路上跑了几天后,苏敏觉得需要一个里程碑式的纪念。她把车停到了路边,给自己录了一段独白。

独白没有任何的修饰,简单、直接、干脆,像极了苏敏的性格。只是印在屏幕前方的脸颊,被两道如同沟壑般的眼圈压着,以至于看上去混沌感十足。

几分钟的自我陈述里,苏敏将出逃原因和目的,说了个大概。那些关于性格的不和、理念的冲突、世俗的压力、情感的淡漠转换成了短短的几句话。

"压抑再压抑,这种日子真的没法过了。"

"都这个年纪了,孩子都大了,也有自己的生活,我该走出来了。"说完最后一句话,苏敏关上了视频。

"说出来就安心了,至于别人怎么想,那又何惧。"几十年积攒的悲伤使她除了自己以外,暂时忘记了一切。

顺着头顶的太阳,沿着310国道,在没有喋喋不休的说教氛围下,苏敏开着白色的小Polo匀速向前。苏敏知道,用不了多久,她将到达西安,跨过秦岭,直抵巴蜀。

"那里可有我的以前。"苏敏想到这里,不免嘴角上扬。而这个动作,她不曾看到。

去三门峡的路上,苏敏穿过一个长长的隧道。

童年和救赎

1. 格桑花

苏敏的以前,有一部分是属于西藏的。

在她出生前,父母参加了援藏工作,从河南迁到了西藏昌都,苏敏就这样,呱呱落地在了高原。这个和父母的故乡河南省周口市扶沟县相距 2500 多公里的异域高原,成了苏敏 18 岁前的家乡。

"以前不觉得是家乡,年纪越大,越想。"苏敏时常和女儿杜晓阳絮叨。

"那就回去看看,我也想去看看。"女儿总是贴己,宽慰她也让她舒心。

高考后,苏敏就再也没有回去过。在苏敏高考前一年,父母调回了河南。他们带着弟弟们回到了苏敏梦里才会出现的家乡,留下了苏敏一个人。

临走时，父母给她交齐了最后一年的学费，留了一点生活费。

"你高考完了再回来，我们要带弟弟们先走。"

"这么大的人了，也要懂得照顾自己。"作为一家之主的父亲，做着一贯的安排。这一次，也不例外。

而母亲，因为身体孱弱，早已丧失了家庭话语权。

苏敏记得，父母和弟弟们走的那天，澜沧江涨水了，在一场暴雨后，江水直接漫过堤坝，打进了学校。

"再大的水，他们还是会走，不会带上我。"

在后来的生活中，苏敏总能梦见那天的场景，零零散散的一些片段，组装不上，有些像苏敏在家里的位置，零零散散的。

过早地拥有自由，使得苏敏像扛着沉重的包袱一样，扛着自己的命运。可还在花季的她，却趔趄得不知去向。

父母走后，苏敏搬到了学校寄宿，整个世界里，理所当然只剩下学校、老师、同学。

"交了好多好朋友，她们大多都来自四川。"家庭时常让苏敏感到压抑，但朋友总能疏解抑郁。在这个世界上，苏敏暂时落单了，但并非全然身在荒野。

高中最后一年，苏敏终于完全"占有了"格桑花。在课间，她会和几个好朋友跑到学校后山的凹地里，没有什么草根植物的凹地，却长满了玫红色的格桑花，在午后的阳光下，红得耀眼，像是受创后的世界里的另一种生机。苏敏喜欢在那里躺着，父母走后的日子，几乎每天她都去。

"以前课间要赶着回去给弟弟们煮饭，现在时间终于属于自己了。"苏敏试图用这样的行为，找回之前遗失的种种。即使她拥有了整山的格桑花，失去的部分，却根本无法补回来。就像苏敏童年缺失的陪伴，也补不回来了。

这一次听说苏敏自驾出行，几个老同学都打来电话，让她一定要路过他们生活的城市。朋友们都说想要见见她，当年的分别，让友情在随后的岁月里沉寂了几十年，但再一次触碰，又复燃得毫不费力。

"那个时代的感情，纯粹，没那么多说道。"苏敏现在回想起原来的花季岁月，总觉得其实远远幸福于而后的婚姻生活。

"没有那个时候作比较，怎么知道后来的人生一塌糊涂。"

"总归出来了，还有半辈子，再来过。"苏敏倒是很会自我排解。

就像她肩负着"母亲"职责的时候，也总是一遍遍自我排解。

高考结束后，苏敏就回了河南，连成绩都没等。

母亲写信来，让苏敏赶紧回家，说自己身体越发不好，照顾弟弟们总是力不从心。回到家那天，母亲说苏敏身板结实了，看着不像一年前走的时候那么纤细。

在苏敏的耳朵里，只觉得自己强壮得可以干更重的活，分担更多的家庭琐事。

"等着高考放榜，希望能考上，去念大学。"苏敏依然有点小心思，想让这种沉闷的生活存在新的可能。

最终，苏敏的成绩离自己填报的学校差了2分。听说成绩出来时，苏敏有些害怕，父亲找了以前工作的同事去学校看了榜，这才晓得。

新世界在苏敏的脑海里，陡然出现后又快速消失。没去成大学的苏敏，进了当地的化肥厂，成了一名工人。

"可以直接挣工资，还有粮票，也中。"对于父亲这一次的安排，苏敏心怀感激。

在2分的鸿沟下，当年的感激，也是最好的选择。

多年后，苏敏在辅导女儿学习的时候，无意间看到新华字典上的一句话："张华考上了北京大学；李萍进了中等技术学校；我在百货公司当售货员：我们都有光明的前途。"那一刻，苏敏一言不发，攥紧了拳头，满眼泪光。

2. 童年

往西安去的路上，太阳特别晒。必须戴着近视眼镜开车的苏敏，没提前准备墨镜。

"想着用不上，买它还花钱。"在准备物资的时候，苏敏很自然地划掉了这一项。

"不过这太阳，着实让人有点看不清路，怪不得说要戴墨镜。"没有添置齐全自驾必备品，苏敏有些后悔；对她来说，尽最大可能的节俭才是标准。北方的太阳在任何时节，都像不会告退似的，明晃晃地挂在天空中，也不管是否合时宜。日常很少开车的苏敏，估计不到，也是正常。就像她估计不到昌都的太阳，明得晃眼。

昌都在西藏的东部，与四川隔江相望，地处高原，不像紧邻的四川省，终日雾气萦绕。

苏敏时常觉得，昌都的太阳大到仿佛天际线就在眼前，伸出手就可以抓住。在林场生活，人们不得不总是在土质偏弱、空气稀薄、不太茂盛的树下遮阴。从锯木场旁边的一个缝隙穿过去，到了房子的后坡，那里总会有大片的格桑花。深深浅浅的花似乎笼住了整个屋顶。

那个年代几乎没有玩物，自然界出现的一切巧合都可以成为游乐的场所。弟弟们总是在这里玩,从坡上往下滑,苏敏也想往下滑,她体会过一次那种有些失重的感觉,"像心丢了,暂停了一下,脑子都空掉了。"

可仅有的一次放空,以回到家后得到的一顿训斥结束。

"我没有时间、没有力气来帮你洗衣服,你多大的人了,还不懂事。"母亲的斥责倒灌入耳,苏敏不敢申辩。

敏感的她,从童年起就注定被期望和绝望这两个词折磨。母亲对她的管教,近乎苛刻。如果不经同意,苏敏连头发都不能随便剪。

母亲也没全错,她常年身体不好,一年到头,要在医院待上五六个月。父亲经常不在,苏敏应该懂事听话,应该照顾好弟弟们。

从某种程度上来说,这种根深蒂固的性别偏爱,对身为女性的苏敏来说,也不是全无好处。没有那么多人宠爱和在意,没么重要,她反而更能早早地独立成长。虽然这样的好处也并不牢靠。

事实上,苏敏做得很好。

早上煮好早饭,让弟弟们吃了她才去学校。到了半晌午课间的时候,她还要偷偷跑回来把中午的饭煮到锅里。那个年代,还是劈木头生火煮饭,短短的课间 20 分钟,被苏敏利用到了极致。

"我现在劈柴生火,一手绝活。"苏敏每次在营地用炉子生火时,总会回忆一番，只是她几乎再也没有机会去展示这一项拿手绝活。

林场里没有几处房子，大多离得还不近，"还好太阳下山得晚，不然真吓人，有野兽的。"苏敏除了照顾弟弟们的日常，还要确保他们的安全。

天色暗下来，苏敏总会赶在星星出来前，把弟弟们弄回家。在苏敏心里，摸黑走路更可怕。

"不听话，我也总是打他们。"

"没辙，两个弟弟，我一个人，还是费劲儿。"更多的时候，顽皮得以在弟弟们身上凸显，像是一种专属于他们的特权。

即便还是个孩子，当时的苏敏却拖着不到 1 米 4 的小身躯，日常肩负了母亲的职责。过早的责任，让她不敢多言和诉说，只能在独处的时候，把头深深地埋进课本里。

"那个时候，书本让人忘却了一切，即使我总能听到外面的锯木声，那也是好的。"

极度的沮丧和劳累让人发狂，这是昌都林场折磨苏敏的又一个方式。

"现在想起锯木头的声音，就迷糊、心里发毛。"在林场带着弟弟们生活的那几年，她总是在盼望着回到河南。她以为只要挪了一个地方，自己的生活就会有所改变，这样的臆想，也只能存在于不满15岁的苏敏脑海里。毕竟那是个有梦的年纪。

"还好水不缺,不然就太苦了。"苏敏总是在早上上学前给家里打好水。她习惯提着一个空桶,走过一段有些杂草碎花的小路到河边,用手搅动一番,再将水舀进水桶,呼吸、眺望片刻,再回家。

苏敏喜欢水,她上学的学校挨着澜沧江,林场也挨着澜沧江。这条母亲河,因为水流异常湍急,未有机会成为黄金水道。它只能用极限的流量,无条件地滋养沿途的生灵。

有时候,极限的度把握不好,城市就会被水淹。就像苏敏一样,也总是把握不好一个度。

"想要爸爸、妈妈对弟弟们的那种爱。"身为长姐的苏敏,这样的话从来不敢说,但是在睡梦中,她又像说了千万次。

出来一周后,苏敏接到了弟弟的电话,催着她还钱。爸爸去世后,留下几万块钱的安葬费,当时苏敏急需用钱,就挪用了2.5万。爸爸去世前,三弟觉得自己照顾得最多,安葬费应该悉数归他。

前几天,弟弟从苏敏朋友那里得知姐姐出来旅游的消息,气急败坏,打电话来跟她闹,要跟她断绝关系:"你有钱出去自驾游,你就没钱还给我?"

苏敏不想解释,"你说啥,他都不能理解,那你还说个啥。"

"小浪底大坝下的黄河水,浑黄;澜沧江的水,深青色。谁也搞不懂谁,一个道理。"

可离开多年,苏敏念念不忘的,还是童年的场景,而这笔钱,苏敏打算尽快还掉。

就像老师口中常说的:"澜沧江的水,马草坝的花,祖国遍地是红花。"这个情节也在苏敏记忆中捂着,捂久了,不知什么时候变得温暖起来,每每念到,就像是回到了那个年代。毕竟在那个时候,弟弟们也还可以受她管束,听她安排。

"那个时候,总喜欢看天,蓝晃晃的。"虽然不能肆意释放躯体里的顽皮,苏敏总能找到暂时的宽慰。

"时常能看到飞鸟,还有老鹰。"那些飞禽拥有极度自由,如裂云断帛冲向天际,去到任何想要去到的地方。

而现在,在310国道上飞奔的苏敏,也像多年前抬头寻觅到的飞鸟,正在奔向想要去的地方。

3. 抑郁症

在西安待了四五天,要花钱的景点苏敏一个都没去。这个有十三朝古都之称的世界历史名城,随处都是景点,就连在西安修地铁,都可能挖到文物。

"感受一个城市,有很多种方式。"在苏敏的认知里,探寻城市的途径是菜市场、公园、集市。她喜欢把自己置身其中,虽说是一个突然闯入的外地人,她却在用自己的方式,快速地感受本地人真实的生活场景。同时,这样才能节省钱。

苏敏喜欢在不同的市场里感受当地人的生活氛围和特色。

比如,刚到西安的那天,苏敏先在网上团购了一个洗澡的券。

"十几块钱,好好搓一搓,看看和郑州的有啥不一样。"精打细算下的享受,苏敏感觉良好。

"等到了南方,没有澡堂子,就只能定期住一晚酒店,青旅也成。"对此,苏敏心存侥幸,也早有打算。

在西安市区边上的一个收费的露天停车场驻扎后,苏敏坐地铁去了趟回民街。

"我还以为地铁是在地底下的,没曾想,还跑上了天。"这是苏敏对西安地铁最直接的印象,而这样的印象,在后来苏敏去了山城重庆后,再一次被颠覆。

回民街对于西安本地人来说,或许不是最好的寻找美食的地方,他们更多地会选择那些散落在城市各处的小店。这些隐秘的小店,藏着每一位常客的味蕾喜好,也藏着他们的过往。

"路过潼关的时候就想买个肉夹馍,最后却在西安实现了。"在回民街一家排长队的肉夹馍店门口,苏敏感慨道。她庆幸自己前日的错过可以得到弥补,也庆幸有时间来得及去做弥补。

在苏敏的心里,当地才有的食物,可以快速拉近她与本地人的距离,苏敏不想错过。而通过食物,也可以无意间碰触到别人的内心,拯救一个灵魂。

在露天停车场驻扎几日后,苏敏发现停在自己车边上的一辆房车,一直没有挪过地儿。这样的情形,并不多见。而她总是拿着个手机在那里录像,同样也引起了对方的关注。

"吃饭了吗?我们今天多煮了一些饭。"快到晚饭点,房车的男主人朝苏敏问道。

"正准备煮点面吃。"

"那一起吧,我看你这两天尽吃面。"

苏敏不好推脱,出门在外,时常麻烦别人总是无法避免。房车里住的是一对50岁左右的夫妻,丈夫看上去精神还算不错,妻子不知是不是因为没有休息好,头发凌乱,整个人透出一种悲戚的调子。

"是不是住得不习惯,我看你眼圈有些黑,像是哭过。"苏敏的关心,就像她的性子一样,从不绕弯儿。

"房车比我的帐篷强多了。"看着女主人不说话,苏敏这才觉得刚才的话有些越界,赶紧又找了个话题。

"不是,我们不是出来旅游的,是有事。"

听到女主人这么说,苏敏更是奇怪,有事儿的人,怎么不去办事,反而几天都在停车场待着,也不动。

长了教训的苏敏,没有追问。反倒是男主人朝苏敏开了口:"你怎么老是拿个手机在录,你是干什么的?"

无所谓向陌生人吐露过去的苏敏,把自己为什么出来的原因说了一遍,慢悠悠地,像是在说别人的人生。旅行才开始十来天,苏敏内心的变化,已然向前奔了好几年。

"我已经开始找到出逃的意义,它使婚姻的枷锁变得遥远,同时又延伸了我的快乐。"说出这种话,苏敏自己也吓了一跳。而说完话后,看着苏敏从兜里拿出一盒帕罗西汀的女主人,更是吓了一跳。

"你有抑郁症?"

"对,我有抑郁症,还是重度。"苏敏不避讳。

"看不出来,看不出来,一点都看不出来。"

"怎么,你晓得这病?"

"晓得,晓得,我们就是为了这病才来的。"女主人那拉耷着的脑袋,终于抬起来看着苏敏,低沉的语调中带着些激动。

或许是某个节点,瞬间就拉近了女主人和苏敏的心。出来后,苏敏明白了一个道理,有些人你总是认为难以接近,其实不然,只要你自己变得容易接近一点就可以了。

看着眼前这个被黑夜笼去了半张脸、缓缓张口诉说的女人,苏敏这才知道他们一直在这里的缘由。

夫妇俩唯一的儿子在西安念大学,几周前,学校打来电话,说找不到儿子的人了。夫妇俩赶紧从外地过来,找了四五天,总算在一家网吧寻到儿子。

苛责还没有开始,儿子就又跑了。跑之前,他给父母发了条信息,说如果他们继续找他,逼迫他,他就去自杀。

俩人吓坏了,赶紧联系学校老师,好在两天后,儿子又回学校去了。

"我们也没有逼迫过他啊,怎么会这样?"妻子无法理解儿子为何会说出这样的话，就像儿子也无法认同父母对他所做的一切。

"从小到大，我们都是以他为重，除了学习，什么都不让他操心。到了大学，怎么会这样？"

"自从孩子去上大学后，我们每天一个电话，生怕他过得不好。"

"上次他跑的时候，医生说他有抑郁症，我接受不了，为啥就能搞抑郁了？"对于"抑郁了"这三个字，眼前的女子如鲠在喉。

"我理解他。先吃药，再放开孩子的手。"一向以粗线条示人的苏敏，在关键时候逻辑却异常清晰。

"不吃，听说送去的药，他都给丢了，也不准我们去学校。这不，我们只能借了朋友的房车，开过来停着，以防万一。"

"毕竟不知道要住多久，有个车能住，能节省些。"

听完这些话，苏敏已经基本猜到了男孩的症结所在。在孩子眼中，父母极尽的爱，是一种枷锁。在基本生存需求满足之外，他有着另外一种渴求，只是没人在乎。

苏敏有些触景生情。她想着，如果没有出来，自己命运的最后那部分，会不会也是以一场自杀终结？

"让老师给他药吧。给孩子发条信息，说你们走了，以后的人生，让他怎么高兴怎么来。"

"最重要的是，道个歉。"苏敏是热心的，也心疼这个孩子，虽然他们素未谋面。

"吃药没什么的,只要肯去面对。我觉得要不了多久,我就可以不用服药。"苏敏笑望着眼前的房车女主人。在夜幕下,女主人的嘴角微微歪斜,她在努力平复自己的情绪。同时,她一边点头,一边用手紧紧地握着苏敏,回以感激的凝视。

4. 秦岭

那天夜里,下了出发后的第一场雨,雨不大,有些像是天被捅破后的哭泣。

"让这个世界都洗个澡、喝点水,明天就会有新的生机。"

第二天一早,苏敏起床发现挂在帐篷顶支架上的除湿袋涨满了水。一夜的细雨,让帐篷内部变得潮湿,有一股霉味被湿冷的气息压住,不时透出来。苏敏拿起手机查询了天气预报,知道未来几天都会有雨。她决定不再停留,越过秦岭,赶往成都。

作为中国地理南北分界线的秦岭山脉,在我国地理版图上意义非凡。而翻过这群山脉,苏敏计划用两天的时间。

"第一天赶到留坝县,289公里。"出发前,苏敏给那个天蓝色的水箱灌满水,把2.4升高的热水壶也灌满热水。

"我走了,你们也琢磨琢磨,走吧。"临行前,苏敏去和昨日那对夫妇告别。

"药,孩子收下了。听你的,我们也准备开车回去。"长时间在内心盘踞的疑惑和惆怅,一夜之间被舒展。苏敏看见眼前这个女人把头发梳了起来,纤细的身子裹在一条及膝的红裙里,眉眼间闪烁的皱纹,像起伏的山路,不时忽现。

"你可真好看,如果以后多笑笑,会更好看。"苏敏一边说一边咧嘴笑,本来就宽稀的门牙缝,因为笑似乎变得更开了。

"好,以后我会时常看你发动态。你拯救了孩子,也拯救了我。"女子上前一把抱住苏敏,这样的拥抱,有她们的意义,存在于中年人之间,更存在于女人之间。

郑重其事地拥抱后,苏敏钻进了驾驶室,她感觉眼窝里有泪水,不想被看出。拾掇好的苏敏,把一部手机支在中控的前方,拴上安全带,继续往前开。导航上此刻显示着,她需要从319县道汇入310国道,再从310国道进入眉太线,深入秦岭腹地。

秦岭的山峦,高低起伏,地势整体轮廓极为险要。依山而建的盘山公路,狭长蜿蜒,更甚十八弯。在上山的途中,从岩壁上不时有水流下来,水色深得发青,像是从山岩脉系里分泌出来的,最终汇成各支细流。它和参天植被落下的叶子一样,经历着年岁的清洗。

走了4个多小时的苏敏,像是到了山顶。秋日的阳光在山涧中变得柔和起来，雾霭在群山峻岭中升起，将整部车紧紧地包裹着。

"能见度估计不到 200 米。"没能找到合适的停车点，苏敏吃了点面包。她想越过氤氲的雾气，尽快下山。

"几乎没什么车，十几分钟也看不见一辆。"在盘山公路上停车，弯道视野不佳。苏敏走了好一程，总算把车停靠在一个相对笔直的路段。她下车打开手机，录了一段视频，发到了家人群里。

"景色太美了，一会儿在下雨，一会儿又出太阳，走过了四季似的。"苏敏一边录像，一边补充说明。

"就是太陡了，太陡了。"

在空无一人的山间，苏敏的眼光四处游弋。这个小视频，在家人群里没有引起赞许和讨论，只有女儿杜晓阳说了一句"注意安全"。

看到女儿的回复，苏敏合上手机，深吸了一口气，有一种被人世疏离后的悲凉。而此时的空气，透彻无杂质，直捣肺腑而无害。

"舒坦，继续赶路，躲过雨云。"

最终到达留坝县，苏敏用了 7 个多小时。她没有打算自己做饭，跑了一天的山路，精力过于专注，人有些乏。

在县城边找了个停车场扎营，苏敏就近吃了一碗面。出来到现在，这是苏敏最辛苦的一天。好在她从不走夜路，到了傍晚就找地方停车搭帐篷。

睡到半夜的苏敏,被"咔嚓"的声音惊醒。摸着黑坐起来的她,不敢再动,瞄了一眼手机,时间刚过凌晨1点。

"难道有人爬梯子,有贼?"这是苏敏的第一反应。

"也不会呀,昨晚睡的时候,虽然没看见房车,也有些小车停靠,还有路灯、摄像头,谁敢?"苏敏立马否定了之前的猜想。

否定了想法也还是不敢打开拉链,只是苏敏没有再听到那个声响。她就这么呆坐着,听着雨水敲打帐篷的动静,呆坐着。

"像个傻子,不敢动。"苏敏事后想到自己的行为,觉得有些好笑。

大概过了半个小时,苏敏决定拉开帘子看一眼。她打开手机上的电筒,弓着身子一把扯开拉链,用极快的速度探出头去,发现是连接帐篷的梯子滑掉了。

由于一直下着雨,昨夜上床前,苏敏有些匆忙,没有把梯子卡扣卡紧,雨一大,梯子滑掉了。

虚惊一场后,苏敏才拨开帐篷里的灯,自己顺着帐篷的边缘,往下滑去。

等把梯子重新卡紧后,苏敏这才爬回帐篷内。经过了这番折腾,听到雨击打帐篷的声音越来越大,她越发不安心。

"会不会扛不住这么大的雨?"

"真是,为了躲雨,到底还是跑到雨肚子里了。"自言自语也安抚不了她的担忧。

在秦岭深处的城甸里,顶着倾盆大雨,一个外来客,独自享受着黑夜的侵袭,的确让人不安。苏敏一直干坐着,在不知过了多久后,终被睡意拯救。

5. 帐篷

苏敏不是不相信帐篷,她只是担心花了 3000 多块钱置办的最贵物件,是否能经受得住考验。一旦帐篷经受不住雨水的考验,那自己的旅行也将经受不住考验。

第二天,苏敏萌发了攒钱买个拖挂的想法。这个想法,在出行之前从未有过。一是拖挂最便宜也要六七万元;二是自己并不了解。

自从买拖挂的想法在脑子里萌芽后,就再也压不下去了。

"再攒钱,就像买车一样,慢慢攒。"

苏敏现在的车,是 2015 年买的。在超市打了两年工,加上女儿给了 3 万块钱,她分期两年买了这台车。

"没有这部车,哪里来的开始?"苏敏对几年前买车的行为感到一种庆幸。更加庆幸的是,自己早在 2013 年就考了驾照。

"一次全过,不像他,考了几次才成。"对于此事,苏敏还有些得意。这些细微的区别,能给她找到一些平衡,来维系几十年疲乏的婚姻生活。

"不过,ECT 卡还是他的。"苏敏总是习惯性地把 ETC 念成 ECT。出发前一天,丈夫老杜说要拔掉车里的 ETC 卡。

"我要把卡拔下来,这一路上不晓得她要花多少钱。"丈夫老杜说话时的神态看不出他的意图。

"我走国道,不会用你的。"因为没有提前去办理销户,苏敏没有办法去开新的 ETC 卡。

像是没听见苏敏说话,老杜从沙发上站了起来,准备去拿放在餐桌上的车钥匙。刚起身,就被女婿阻止了。

"妈出门在外,有个卡方便些,到时候如果用了钱,我们给你。"听到女婿这么说,老杜才作罢。

也因为这样,这是苏敏带走的唯一一件属于老杜的物件。就像苏敏不管走多远,两个人暗地里的连接,怎么都剪不断。

帐篷经受了一夜大雨的考验,挺了过去。苏敏也因为一夜的折腾,睡了个懒觉。一场虚惊后,苏敏反倒有些高兴,像是一个人抗过了巨大的困境,获得了最终的胜利。

"今天要走出秦岭,看能不能赶到成都。"雨没有要停的意思,胡乱地把衣服套在身上,苏敏爬出了帐篷。怕楼梯不稳,她下来的时候异常小心,直到在地上站稳才松开护栏上的双手。

小跑到后备箱,找了三五分钟才把雨帽掏出来。雨帽其实就是没有手柄的雨伞,它多了个卡环,可以直接戴在头上,有些像农村用的那种竹子编制的斗笠帽。

苏敏把这顶红色的雨帽卡在了脑袋上,出于谨慎,她刻意压了压卡口,以防帽子滑落。戴着雨帽,穿着红色T恤的苏敏,像一个蘑菇,围着车,四处摇晃。

"帐篷外面都是水,赶紧走,找个不下雨的地方,晒一晒。"苏敏担心帐篷外面的雨水对篷面会有损害。

不过等苏敏收拾完毕离开停车场,已经过了上午9点。

从留坝县到成都,要走将近600公里的国道,白日里不易赶到。研究了一番路线后,苏敏决定赶到绵阳服务区住一夜。这样,省去找营地的时间,可以多开点路程。

"就是就近上个高速,住在服务区,第二天再就近下去就可以。"出来十几天后,苏敏在赶路的时候,得到了一个住宿过夜的经验。

"加油站不让睡,说不安全。"在去西安的路上,有一晚苏敏想住在加油站边上。她想着加油站有人,安全。可不曾想,刚把车停在加油站边上,正要支帐篷,就被人劝走了。

"不能在这里住,更不能有火源。"上前的人对于像苏敏这样自驾出行的人,见怪不怪。

"好好好,马上就走,我都不知道。"从那之后,每次录视频,苏敏总要对粉丝建议住在加油站边上这个问题,解释一番。

十月金秋,是秦岭赏红叶最好的季节,七十二峪里每处的风景都不同。从留坝出来后,苏敏白色的小车行驶在244国道上,开得不快。随车闪现的树木,像是脱去了绿裙,换上了五光十色的外衣,远远望去,在金灿灿的阳光下,耀眼夺目。

苏敏打开车窗,丝丝细雨夹着秋风吹过,树叶发出了"沙沙、沙沙"的响声。一些被雨打落的叶片,像是一朵朵红花躺在道上,湿润且鲜亮。

苏敏心中异常舒畅,从褒斜道出来,上了108国道,离成都越来越近,她不由得哼上了小曲。

在天色黑尽前,苏敏赶到了绵阳高速公路服务区。在这里过夜,是她一早就安排好的。就像要出逃,也是她早就安排好的。

"只要安排好的事,我就能做到。"

这一带,一直有雨。即使翻过秦岭到了南方,依然伴随着层层雾气。作为川陕地区最重要的纽带,这条高速路上车辆往来频繁。以至于半夜3点,仍有卡车轰隆隆呼啸而过。

不晓得是干扰声过大,还是因为连日阴雨,帐篷里充斥着潮气。

苏敏在被子里辗转反侧好一阵后,突然坐了起来,用手死死压着胸口。她感到有些闷痛,出不了气,像一只将死之鱼被扣在碗里。她用拳头捶了好半天,才抱着一只猴子玩偶又躺下。

苏敏在睡觉前布置帐篷。

这只猴子玩偶是杜晓阳买给孩子的。看孩子们不怎么玩,苏敏就一直摆在自己床头。这次出来,苏敏很自然就带上了它,也说不上为什么。

"出来到现在,几乎每夜都抱着它睡觉。"

"好像很踏实。"

婚姻的墙

✿

1. 结合

　　苏敏想要的踏实，是原生家庭给不了的。

　　高考落榜回乡后，第二年她就进入父亲工作的化肥厂，成为一名化验工人。这是父亲的安排。从西藏调回来后，在这件事情上，父亲没有含糊。

　　在化肥厂工作后，苏敏感觉日子反倒更加难过。得了一部分补偿金回河南的父母，需要置办住处。

　　之前在西藏，他们一直住着林场的房子，根本没有买地修房子的概念。为了有个长久的住处，父亲买了一块地，盖起了几间平房。

　　花去了一大半补偿金后,父母的工资再来养活一家人,有些吃力。等到苏敏每月按时上缴工资时，她才恍然，父亲迫切为自己安排工作的真实意图。

即使这样，收入也并不足以让"整个家庭"光景宽绰。

"我想逃离原生家庭，很想。"

苏敏以为参加工作后，父母对自己的态度会有所改观。她以为可以从桎梏中解放出来，也可以重拾父母的关爱。可当悉数上缴工资的时候，思想上她无法说服自己，行为上又无法反抗。

金钱不能自我支配，自由也不行。一起上班的同龄女孩都住在宿舍，下了班一起唱歌、逛街、玩闹。父亲规定苏敏必须回家，不管多晚。

苏敏心里明白，作为长姐的她，必须为家庭做贡献，无论是经济上的贴补，还是体力上的付出。每天下班，她需要尽快赶回家，帮忙料理家里的杂事。

"感觉日子越过越差，即使我上班，钱也不够花。"苏敏到现在都费解。

她甚至会去想，是不是因为青春期太过劳累，被繁重的体力活压住了身体，而食粮都可着弟弟们先吃，自己才会只有155厘米的个头。

"他们都比我高，应该是。"

工作几年后，厂里的女孩大部分都结婚了。她们清一色选择在

20 岁成婚，婚后马上着手孕育后代。和她一样年龄的，孩子都好几岁了。苏敏渐渐听到一些流言，有人说她是从西藏回来的，架子大，眼光挑剔。

苏敏不懂什么叫挑剔。出生到现在，自己从未坠入过爱河，上班几年，也不曾有人说喜欢她。

"这就是挑剔吗？"苏敏连试图窥视一眼何为恋爱的机会都不曾有过。

熬到 23 岁，苏敏坐不住了，迫切地想要进入婚姻。在她当时的判断里，只有换个地方生活，才能自由地支配自己。

结婚似乎是最好的出路。在 20 世纪 80 年代，想要结婚，也算一件易事。那个时代，自由恋爱往往会被外人视为不妥，最好的途径，就是通过媒人介绍，稳妥且安全。

很快，经由厂里一个中间人的介绍，苏敏认识了现在的丈夫，老杜。

听介绍人说，老杜在郑州市里上班。两个人相隔两地，这也造成了在结婚之前，他们只见过两面的局面。

第一次，老杜去苏敏所在的化肥厂接她，俩人在厂子外面的小馆子吃了顿饭。第二次，老杜上门提亲，在苏敏家中吃了顿饭。

看着男方有工作，不多言语，父亲也就同意了。虽说后来父亲没有得到他想要的 500 块钱彩礼，但也不能再食言。

"那时候他就舍不得，只是我没在意。"

"我压根儿就没想过自由恋爱。人都不自由，怎么可能恋爱自由？"对于当时的选择，苏敏认为符合当时的需求。

这个理解上的错误，让苏敏滑入了不期然的婚姻里，结果可想而知。

两次见面，两顿饭，苏敏就把自己安排了。结婚后，苏敏如愿搬离了父母家，住进了员工宿舍。她和老杜分居两地，定期见面，履行夫妻义务。

没过多久，苏敏怀孕了。她花了 23 年，才摆脱原生家庭的枷锁，不到一年的时间，又跳进了婚姻的围城里。

"结了婚就生，那时候不都这样。"

生下女儿后，苏敏在婆婆家坐月子。42 天的月子里，丈夫老杜为她留存了 30 多年婚姻生活里仅有的感动。

那个年代，吃肉算奢侈。婆婆家养了不少的鸡，可婆婆不说话，苏敏不愿张口。

丈夫老杜似乎觉得眼前到处乱晃的鸡，不杀一只给苏敏补补，也不太好。更何况，她还在月子里。杀鸡，便成为丈夫唯一一次主动提出的事情。

女儿出生了。

"他还专门做了一个弹弓,把鸡从树上打下来,给我炖了汤。"30多年过去了,这个情形,苏敏时不时还能想起。她不知道自己为何会想起,就像她也不知道,其实自己的生活,早已深植了老杜这个人的存在。

生完孩子没两年,苏敏所在的化肥厂就倒闭了。化肥厂的倒闭,让她丢了饭碗,也让她彻底直面婚姻。

2. 围墙

带着孩子去郑州投奔丈夫,是当时唯一的选择。丈夫老杜住在单位给的一居室宿舍里,苏敏和孩子没有去之前,还算够用。眼下这一间屋子里,塞进了三个人,有些局促。

下岗后的苏敏,因为孩子太小,只能被困在家,成为家庭妇女。而没有固定收入后,家里的一切开支,她都得伸手。但她很快就发现,丈夫精于算计。日常相处中,最难受的一件事就是对账。丈夫老杜似乎是有意要把这件事算清楚。

每周要给生活费的时候,苏敏必须汇报上周的钱都花在了哪儿。不光是总额,丈夫要苏敏把每一笔花销都说得明明白白。

"就得找到依据,知道去处。"

丈夫和苏敏对账的时候异常仔细,神情严肃,眉毛顺着情绪起伏,仿佛他们是两个陌生人。这种试探，让苏敏浑身难受，"距离一下子变得很远。"她想要拉近一些，却毫无办法。

在金钱上刻意的计较，让苏敏觉得这是对自己的一种羞辱，更是一种怀疑。日常家庭生活中涉及的琐碎之事太多，买菜、做饭、洗衣、打扫卫生，根本无法算到毫厘。

"给你的妻子和女儿花钱难道还要记账吗？"苏敏受不了。她本以为，在适婚的年龄为自己挑选了一个"合适"的对象。但轻率的代价是，诞下孩子后，苏敏猛然发现自己面对的是一个陌路人。

"算账，算账，每天都是算账，家庭的账到底该怎么算？"苏敏越来越惧怕两个人面对面坐下的时候。每周核账的时间，像是被按下了暂停键，她对家的爱，也渐渐被这种畏惧按下了暂停键。到现在，苏敏都很怕有人在她面前说"算账"两个字。

大概过了半年，苏敏在一次买菜后因为几块钱对不上，彻底与丈夫撕开了破裂的口子。她不能接受这种"经济制裁"，也不想过伸手要钱的"乞丐"日子。

"自己打工赚钱吧，总比伸手要强。"

可干什么工作，成为苏敏的难处。孩子太小，离不得人。如果一整天都不在，那肯定不行。就这样，一边带孩子，苏敏一边开始在裁缝铺子打零工，"做衣服，计件。"

下岗后,苏敏当裁缝的日子。

有一次苏敏在忙活,一个人在家的女儿自己学着煮了锅稀饭,锅里添了很多的米,却只有很少的水,最后蜂窝煤烧糊了,差一点伤着孩子。

那次意外后,苏敏后怕了好久。随后她又换了好几份工作,甚至还做了一段时间扫大街的清洁工。

这份在黑夜里开启、见证日出的工作,苏敏把它视为救赎自己的开始。苏敏以为,只要自己可以开始挣钱,在家里的境遇就会好一些。

那段时间，苏敏白天照顾孩子、打理家务，晚上同孩子一起入睡。入睡前，她会调好时间，赶在黎明前的黑暗中醒来。

"凌晨3点出门，扫到早上6点，就可以回家。"

这样的安排，确实没有影响带孩子。但当苏敏赚到钱的第一天，老杜和她就彻底变成了两个"经济独立"的人。

丈夫没有因此而变得尊重她，金钱上的算计和分割，让两个人渐行渐远。

"从那以后，我们都是AA制。"苏敏每次和闺蜜说起这件事，满是无语。苏敏和闺蜜一家做了十来年的邻居，她羡慕对方的婚姻，从不掩饰。闺蜜的丈夫负责赚钱，让老婆负责保管，并随意支配。

"她的衣服可真多啊。"有时候两个人一起去逛街，买了衣服回家，闺蜜的丈夫换着花样夸，可苏敏的丈夫，根本看都不看。

婚姻的幸福与否，不仅是在不在对方的眼里，更多的是在不在对方的心里。苏敏似乎并不太介意这些事，回想的时候总是望着远方出神，脸上是一丝像被风霜凝结无法化开的笑容。

在两个人变成了"AA制"婚姻后，丈夫买菜，她才做饭，家里的一切开支，全部同等支出，就连过节走亲戚，两个人都是各自买礼物。

苏敏记得在女儿结婚的时候,她想和丈夫老杜商量,可否一起包个红包。毕竟一个整齐的红包出现在女婿面前,才算正常。可这件事情,老杜没有答应,用"你又不知道我要给多少钱,为什么要放一起?"拒绝掉。

至此,苏敏再也不敢幻想丈夫对自己有所付出,也不再多提要求。

清洁工的工作没有干太久,1995年,丈夫单位建了新的房子,一家人就换了个住处,从一居室搬进了两居室。换了房子后,苏敏又换了一份工作——送报纸。那个年代,还是纸媒的黄金期。她每天上午送完孩子去学校,就去领报纸。领到报纸后,她骑自行车挨家挨户去送。需要送的量不少,但她手脚麻利,一个上午总能干完。

等到下午接完孩子放学,苏敏晚上再找空闲去拜访客户。

"《大河报》在我们当地很多人订,出名。"

因为时间灵活,且苏敏为人真诚热情,这份工资不高的工作,她一干就是10年。10年里,她换了新家,看着女儿一天天长大,自己却从未能就地扎根,只是靠着微薄的工资,攀附在两居室的生活圈边缘,像个局外人那样生存。

送报纸的日子,苏敏一干就是10年。

3. 家庭

在丈夫老杜面前，苏敏是个局外人。在父母、弟弟们面前，她依然是个局外人。

"孔怀兄弟，同气连枝。"苏敏到现在都记得这句诗，可她却无法理解。

父亲过世后，因为工厂倒闭，苏敏需要补齐一笔养老金，用以买断。这样在退休后，她才能领退休工资。当时的苏敏，自己的钱不够，也没能向丈夫要来钱，就挪用了一部分父亲的安葬费。

"当时母亲说，钱就给我，这些年我也没少为家忙活。"

"这两年又不认了，赶着让我还钱，不还就断绝关系。"这件事是苏敏无法理解的。这么多年过去了，苏敏为家里的付出，不但得不到回报，反而让自己变得举步维艰。

在出来旅行后，为了这件事，三弟和母亲已经各自打来电话质问。

"说我不尽孝，我是不是该刮皮卖肉，他们才满意？"

有一回，苏敏的母亲病了，她拿丈夫的医保卡买了药。第二天，丈夫就改了密码。

有的时候，苏敏要用车，跑了多少公里，丈夫老杜会根据耗油量，让苏敏补齐油费。如果碰巧是苏敏加的油，丈夫老杜却不会同等计算。

他自作安心、肆无忌惮地享受着作为丈夫的福利。

"里外都不是家人,我图个啥。"

讲起那段过去,苏敏不掩饰,却从不愿意刻意渲染自己的困难。带着笑意的脸上,看不出内心的波动,只是呼吸会变得急促。

从18岁回到河南,23岁嫁人,24岁生女儿,36岁和丈夫分床睡开始,就没有人对苏敏温柔以待过。

女儿上大学后,苏敏离开过几年。那几年,苏敏二弟一家人在广东佛山开家具厂,听到姐姐在找工作,就打电话让她去帮忙管厂。

为了逃避丈夫、逃避现实,苏敏去了。去之前二弟说帮忙管厂,去了后苏敏发现就是打杂,煮饭、收货、发货、做库管,大大小小的事情,只要叫她做,她都做。

包吃包住,但是从来没有谈过要给苏敏多少工资。她也不好意思问,实在没钱了,找到二弟,他就说让她去财务那儿借。

"借?我怎么好意思去借。再说了,借了也要还。"苏敏心里很清楚,一码事归一码。

要了解一个城市,最好的办法就是到处走走;要了解一个城市的人,最好的办法就是与本地人建立交集。在佛山3年,苏敏一次都没有去走走去看过,每天的生活都是围绕着厂子。每当大门的金属栅格像网一样闭合时,苏敏就闭合上她一日的生活。

在她残存的记忆里，只有初到佛山那天，顺着高速公路开往工厂的情形。除了路，四周全是工厂，家具厂、配件厂、油漆厂、印刷厂、沙发厂……厂房上贴着乱了套的各色瓷砖，仿佛是为了呼应这个极具包容性的城市。在这片加速工业化的土地上，大车从未间断，摩托车随时随地呼啸而过，尘土飞扬。

苏敏以为，这就是珠三角、沿海城市的全部面貌。她不知道，在不远处，有高耸的建筑，有宽敞开阔的马路，有她见不到的繁华。

"这座城市是为机器而造的，不是为了人。"到现在，苏敏也是这么想的。

苏敏没有出去看的原因只有两个：一是因为她没有钱，二是她的工作离不开人。

唯一的一次，苏敏去厂子马路对面3公里远的一家潮汕粥饭店，吃了顿饭。

"那个粥现熬的，真的是太好吃了。"到现在苏敏也没忘，出门旅行后，她用带出来的不粘锅煮过几次稀饭，"不好吃，还是想着那个味儿。"

这个味道也是3年佛山记忆里最美好的味道，持续到现在。

女儿大学毕业后，苏敏就回去了。

"回来吧，妈，别干了，也不给你工资，我毕业后也能挣钱。"

女儿打电话来让苏敏回去。想着女儿已经毕业,不用住校,她也就回去了。

在佛山待了3年,即使没有工资,苏敏都没想过要走。

"比起单独和他相处的日子,没有工资,又算得了什么?"对于婚姻,苏敏早已闭上了眼。对于弟弟们的所为,苏敏更是退让。

在女儿结婚时,苏敏找二弟要了1.6万。

"没办法,女儿结婚,总得给她置办点嫁妆。"估计二弟是觉得理亏,给得也算爽快。苏敏后来想想,那几年,二弟也还是合计给过1万块钱左右的生活费。

不知道是不是这些缘故,丈夫老杜一直不待见苏敏的弟弟们。

"老是怀疑我弟弟,一包烟找不到,也怀疑是我弟弟来拿了。他们几乎都不来我家,这都要被怀疑上。"苏敏为了自家弟弟,总是要和丈夫撕扯一番。

在丈夫心里,苏敏没有被肯定过;那自然的,她的弟弟们也被同样否定。这个道理,苏敏心里透亮着,只是每每遇到,都憋不住气。

"从来没有(把我)当成一家人,一天都没有。"

有时候过于压抑,苏敏会向母亲抱怨几句。她没有想过在实际层面上会有什么改变,只是希望在言语上,母亲可以给予宽慰。

有时候母亲会告诉她,丈夫是自己选的,他除了抠,心眼是好的；有时候母亲会说，让你当年别着急嫁人，是你非要嫁。

苏敏分不清，到底哪句才是真的。她"若无其事"的隐忍，换不回来正视，却暂时维系住了这个暗地里早已开裂的家庭。

4. 沉默

苏敏不是没有为婚姻做过努力。

婚后 30 多年的时间里，苏敏试图通过研究丈夫的种种行为，来投其所好。她知道丈夫不能吃辣，结婚后就戒掉了自己嗜辣的习惯。

"做他爱吃的菜，可着他的口味来。"

丈夫老杜爱钓鱼，只要一提活鱼回家，苏敏就要马上处理；有时候老杜还去夜钓，半夜回来，苏敏也要赶紧起来收拾。

"拿回来是活的，现杀才好。"

在西藏长大的苏敏，对于吃鱼，并没有特别的喜好。因为丈夫喜欢，餐桌上时常都会有鱼。这种饮食上的分歧，苏敏可以妥协。

饮食习惯可以妥协，兴趣爱好，苏敏也尝试去了解。老杜喜欢看电视，新闻频道、体育频道是最爱的两个选择。

"看新闻就是关注国际局势，比如哪里打仗了，哪里又动乱了。"苏敏甚至觉得，丈夫如果早生几十年，会不会是一名战士。

丈夫在打乒乓球这项运动上，体现了一定的实力。

"经常去打比赛,赢了不少东西。"在苏敏心里,丈夫也不是一无是处。她在故意迎合着丈夫的一切,喜好、口味甚至是说话。

"在家里说话就像是在演讲,得提前想好每一句话。"对于这件事,苏敏有些痛苦。不能畅快地说话,这种感觉就像是被刺卡住喉咙。

大多数时候,两个人像是活在平行世界里,可以"默契"地遵守不成文的规矩。因为孩子,两个人不时也会有交集。

小时候带女儿出门,母女俩走在前面,丈夫一个人走在后面;去女儿学校,两个人尽量避免一起出现,一人一次,协商着来,不过大部分的时间,都是苏敏自己管孩子。

"他有时候会在工地上住,不回来。"

苏敏带孩子时,去得最多的地方是家附近的公园。大部分娱乐项目都要收费。满足孩子之后,苏敏总是喜欢站在一个浅池边上,池子里养了好些鱼,游客可以用气枪射池塘里的鱼。苏敏看着这些瘦得皮包骨的在等死的鱼,伤感地说:"没有自由就是这样。"

苏敏说这话时,泄气多过于生气。

女儿上初中开始寄宿后,夫妻两个人就分房睡。丈夫在家时,自己仅拥有厨房的使用权。等丈夫关门离开后,她才拥有沙发、电视的使用权。

在一个屋檐下生活的两个人，相安无事地过着"异地"的生活。肢体上的碰触无法避免，而内心就无法探寻了。即便苏敏用尽了力气，也从未窥探到他的内心。

苏敏心里一直有个疑问，自己迎合、妥协下的婚姻，为什么还满目疮痍？从来没人告诉过她，不属于一个世界的人，不管怎么去迎合，终究是殊途。

有一回，两个人吵完架，苏敏实在没忍住，问丈夫："你不喜欢我，是不是因为我长得不好看？"

可惜疑问并没有得到解答，丈夫只是说："你以为你长得多好看吗？"

那句话，足够在两个人之间再增加一道鸿沟。苏敏有些伤心，她跑去卫生间，在镜子面前呆站了半个小时。

镜面反射下的苏敏像一张照片，细细的眉毛、不大的眼睛、呆滞的眼神、豁了口的门牙，以及门牙上方、贴在人中边缘的红色胎记，还有布满全脸的雀斑。这些元素，在年岁和苦难的压迫下，悲戚般地聚在一起，挂在苏敏圆圆的脸上。

苏敏肯定了自己丑陋的"事实"，笃定丈夫也是这么想的。

直到有一天，苏敏陪闺蜜去逛街。在闺蜜的"逼迫下"，苏敏试了一件豹纹风衣，才又找回了几分信心。

"她们都说好看,我身子板有力,风衣挂得住。"

"花了500多块钱,心痛了好久。"那是那几年苏敏为数不多的一件贵衣裳。到现在,衣服还板板正正地挂在柜子里,苏敏时常会穿。

"这次出门我带着它,想着照相也好看。"一同带出来的还有一件大红色的呢绒大衣,买的时候花了1300块钱,到现在依然是苏敏所有衣服中价格最高的。

照相好看是一方面,带着四季的衣服出门,也是为了应付长时间在外的日子。苏敏不想因为细枝末节,影响了自己的出行,更不想让丈夫觉得,自己出来过得不好。

前些天,从来不在家人群里说话的丈夫,在群里发了一张高铁票的照片。苏敏点开来看,发现他回老家了。

苏敏有些窃喜,像儿时捉弄了玩伴后的那种窃喜。

"以前的日子,他回老家都是开我的车,现在开不着了。"

可苏敏还是没忍住,发微信给女儿:你爸爸回老家干什么去了?

女儿打来电话告诉苏敏:"他说他也要去过自己的日子。"

"你也好好找补你的日子吧。"明白母亲心意的女儿,继续说道。

松绑

1. 旧友

早起从绵阳出发,赶到成都也不过中午时分。知晓了苏敏的行程,几个老同学提前就打来了电话。见面地点定在一家火锅店,火锅是四川人招待朋友的招牌。用牛油打底,混合了辣椒、花椒及各种香料的它,代表着巴蜀儿女火辣、好客的性格。这一点,苏敏也有。

"我和同学、朋友们待在一起,特别自在。"虽被生活蹂躏万千,苏敏骨子里的开朗、活泼,并未完全死去。一想到马上要见到老同学们,苏敏变得特别激动,一扫这几日以来阴雨天气下赶路的沮丧。

刚下车的苏敏,就看见了三个老同学。她们怕苏敏找错位置,一直在门口候着。其中两个同学还特意掏出了眼镜戴上,生怕漏看了。

四个女人再次相聚，喜悦自然。苏敏连忙跑过去，挨着个儿，来了场久别重逢的拥抱。就像苏敏当年离开昌都，临走那天，几个人送苏敏去赶车，苏敏也紧紧地和她们拥抱在一起。

女人之间，肢体上的交流，就能瞬间找回按下暂停键的友谊。

"都是因为环境而分开，又无矛盾，也没冲突。"去年，重新与老同学们拾起联系的苏敏，觉得这种感觉特别好。

"请你吃串串。"其中一个短发的同学说着。苏敏喜欢唤她杜杜，在高中时代，她是苏敏羡慕的对象，学习好，父母好，连长相都是极好的。

"没有注意到，你把头发都剪短了，去年还是长头发。好看，好看。"对朋友的赞赏，苏敏从不吝啬。几十年来，处于压迫下的婚姻，让苏敏早早就学会用语言来保护自己。

"这是串串，也是火锅。"另外一个长发的同学着急补充道，她怕常年生活在北方的苏敏对四川的食物有些陌生。

"你还能吃辣吗？"她们一同度过了青葱岁月，养成了近乎雷同的食物偏好。这种伴随成长过程的味蕾，几乎一生定性。苏敏为了迎合丈夫刻意掩藏起的饮食喜好，从逃离家庭那天开始，彻底逝去。

"肯定的，我还带了好几瓶辣子出来。"苏敏从一见到同学开始，脸上的笑意就没停过，她太喜欢这种被人等待、被人在乎的感觉。

"有人惦记,是一种期盼,心里的期盼。"

倒插入锅的一根根竹签,拴着各种食材,在滚滚红油里扑腾。溢出杯面的啤酒,苏敏一杯接一杯,都是一饮而尽。一边吃,一边喝,苏敏还不忘一边拍照。不过,无论苏敏怎么对焦,坐在四个方向的四个人,总是无法同时入镜。

"坐着不行,就走到一起来。"拿着手机的苏敏,找到了最好的办法,轻而易举地解决了问题。就像困在家庭、婚姻中的苏敏,只有站起来,走出去,问题才能解决。

"那个时候,有说不出的痛快和高兴。"出来这些天,苏敏有了回家的感觉。这种感觉的持续,给了苏敏一股莫名的力量。那天晚上,苏敏在患上抑郁症后,第一次停药。

在成都那几天,苏敏没有住帐篷。好朋友的儿子租了一套房子,正好儿子又不在。苏敏没有拒绝,更没有和朋友客气。她不是个扭捏的人,刻意的行为,她不屑。

"出门在外,麻烦朋友,也是一种交往。"苏敏明白,能力范围内的麻烦,在某些时候,反而是一件好事。它的存在,可以让人找到自我的存在感。就像被需要一样,重要得很。

而在有些事情上,苏敏绝不会让朋友为难。看苏敏一直拿手机录视频,好朋友问了原委后,给她翻出一个 GoPro。

"拿去用，我儿子的，还是新的，他也不用。"

混迹各大论坛一年多，看过无数旅行视频的苏敏，早就想买个GoPro。作为极限运动专用相机，GoPro具有极强的稳定性，适合苏敏开车及手持摄影，碍于价格太贵，才没落地。这次碰巧有一个现成的，苏敏像讨了个大便宜。

"朋友说给我用，是老款的，不要钱。那哪行，给了1000块钱，也不晓得够不够。"

"住人家的房子，就已经是添麻烦了。"

在这个问题上，苏敏拎得清，她明白哪些事情可以麻烦人，哪些事情不能麻烦人。只是在面对家人时，她才会偶尔失神。

苏敏重塑新生活的速度很快。本来就有业余拍摄基础的她，连夜看了几节视频课，即刻平步青云进入另一个阶段。就像对于新事物，苏敏总是极富热情。

第二天，苏敏带着GoPro去了趟双流。女儿来电话，知道母亲到了成都，让她邮寄些美食回去。苏敏这才一大早跑去双流买兔头。成都天气很好，湿润不燥，特意涂上口红的苏敏，没计算钱够不够用，买了一大盒。她一手提着兔头，一手举着玩转了的GoPro，沿着马路，朝二仙桥住处走去。

苏敏买兔头的时候，做了真空压缩。走到住处楼下，她直接邮走了一整包,给自己就留了几个。

"孩子们没吃过,在我们那儿,基本上都看不到这个东西。"一边啃兔头一边录视频的苏敏,不太在意是否要去美化自己的吃相。

"明天我们还要去喝茶,开同学会。生活在这里的人,可真舒服。"苏敏指的"舒服",是她的味蕾。即使生活压抑、苦闷,可庆幸还有食物可以用来疗愈。

2. 同学会

同学会是从早上开始的。十月底的成都,天气很给面子,特别适合户外活动。

五张桌子,十几张椅子,每人一个玻璃杯子,在马路边上围成了一个长方形。在四川,这样的情形随处可见。毕竟成都"天府之国"的名号存在多年,而"成都,一座来了你就不想离开的城市"也不是白说。

"我都开始说四川话了。"苏敏看到一群老同学后,自动切换了语言体系。她会说四川话,也是当年在昌都上学和同学们久处的缘故。

"自然而然就会了,那个时候,昌都有好多四川人。"成长岁月的粘连,让苏敏觉得,自己在某个层面上,也算半个四川人。

这一次，苏敏是一个人来的。没有家属入侵的同学会，让苏敏畅快。

前几年，苏敏去参加同学聚会，大家正在包房里吃饭，丈夫突然推门进来。苏敏吓了一跳，她不知道突然闯入的丈夫，意欲何为。

苏敏不敢吱声，只看见丈夫一脸怒气，一把拉个板凳坐下，对大家说："对不住，她精神有点问题，以后同学会不要叫她参加。"

"他就是不想让我好过，还要来监视我。"

"就像是摆脱不了的梦魇，他不得意还不够，还得来我的同学面前揭丑。"对于那次言语上的中伤，苏敏无法释怀。

默契的是，没有一个同学和他搭话。老杜自觉没趣，没待多久就起身开门走了。待他离开后，苏敏连忙给大家赔礼道歉。同学们有些看不过去，跟她说："你干脆离婚，我们帮你找更好的。"

苏敏觉得有点尴尬，连用了几个"哈哈"大笑，遮掩了过去。

而这次，苏敏完全不用在意。她想说什么就说什么，想吃什么就吃什么，不再担心背后会不会突然出现一个人。

喝完茶，大家又组织去天府芙蓉园溜达。不像已经有些凛冽的北方，成都还处在秋日最好的时光中。一进门，苏敏就看见了格桑花。格桑花、老同学，苏敏认为这些东西，在同一个地方同时出现，是巧合，又像是命中注定。

苏敏喜欢花,最爱的就是格桑花。

就像她们同在西藏昌都长大,又在四川成都聚首。"从来不敢想,还有这样的机会。"18岁离开西藏,56岁来到成都,苏敏也觉得,像是在做梦。

晚上,一个男同学在酒桌上问苏敏是不是一个人来的,是不是要一个人回去。苏敏答得干脆:"我一个人出来的,暂时不打算回去了。"

在这之前,苏敏没有过如此坚定的底气。

"这下可以自己说了算,真的挺好。"在婚姻中,苏敏没有得到话语权,也没得到爱情。

看着面前这群同学，苏敏没有忘记，曾经也有那么一个人，或许真的像极了爱情。

"这可能就是你们说的爱情。"

高中时期，爸爸战友的儿子，也是苏敏的同班同学，给她写了一封情书，夹在课本里。

那是一本快被苏敏翻烂的语文课本，她看见后吓坏了，言语上的激进和热情，夹在死气沉沉的语文课本里，有些滑稽。

她根本没有细想，只觉得犯了一个天大的错误，马上跑去办公室，交给了老师。

"害怕极了，没人对我说过这些话，我不敢犯错。"

因为这件事，男生被记了处分。对方当时很生气，却没有继续纠缠，只是不再理她。

一场属于青春期的喜欢，刚刚萌芽，就被苏敏用一个"记过"提前宣告结束。

"他受处分我也吓坏了，我好久不敢看他。"苏敏说，"只听说他还哭了，也不晓得是不是因为处分太重。"而后这件事，困扰了苏敏很长一段时间。有点像被在乎，更多的是，自己拒绝了别人的在乎，有些难过。

毕业之后两个人再也没有联系。再次见面是 30 年以后，两个人都已成婚。几个同学约在一起喝酒，其中有他。

当时苏敏正想帮女儿办理考试的事情，在席间打了一个电话，被他听见。碍于对方的询问，苏敏随口问了问能不能帮忙，没想到，对方一口答应了下来。

离席后，没多久苏敏就忘掉了这件事。直到半年后收到对方寄来的所有文件和手续。

"我以为人家当时就是随口一说。"

苏敏想起这事儿，心里就会升起一股暖意。她说不上为啥，只知道是热乎的。

同学间不断游走推杯，桌盘不断移动着食物。苏敏忽然放下筷子，问向杜杜："你说，他是不是还喜欢我啊？"

此时，苏敏的脸上红润润的，像是喝过几杯酒后的兴奋，更像是品到了爱情的甜味。

3. 爱情和面包

苏敏在清醒的世界里，从来没有拥有过爱情。

少女时代，不认识爱情。自己硬生生地，推开了探寻什么是心动的机会。

成年后，不懂爱情。她用两次照面，轻率地安排了自己的终身。

结婚后，没机会懂爱情。丈夫用"算账"，轻而易举地埋葬了她的爱情。

现在，苏敏觉得这些都不重要了。30多年，时间的冗长，消磨了太多东西。两个人已经错失了通往彼此内心的机会。

两年前，苏敏时常会用爱情小说来弥补付诸阙如的爱情。她想过，如果自己可以穿越时空的话，要找一个自己喜欢的人，重新感受一次婚姻。

"不像这辈子，最起码要相处一段时间，考察一下，他是不是会对我好。"

"以前做梦都想穿越时空，改变自己的命运，现在做梦只想买个拖挂。"小说之外，已经逃离的苏敏，打算真实一次，"为自己好好活。"

在成都房车展开展的第一天，苏敏就跑了过去。她急切地想去探寻一番，看看是否有适合自己的拖挂。

"一定要提前了解，稀里糊涂的不行。"

自从有了GoPro这个好帮手，苏敏录视频的技术显著提高。那天，她极有心情地乘暇拿起设备，就像她想要学开车一样，想了就上手。

"你比我儿子那些年轻人都强。"苏敏的同学这几天一直在陪她。

"只要下定决心去学，那就学到会为止。"对待任何事，苏敏都是这个态度。只要做,那就尽力。

围着展览中心绕了一大圈,大概花了十几分钟,她们才找到正门入口。通过测温、健康登记、领取门票号等重重关卡后,苏敏和朋友总算进去了。

"房车是终极目标,现在还不敢想。拖挂还是可以想想,只要努努力。"苏敏一边走,一边回头朝朋友说道。她很清楚自己的目标,也明白自己目前的能力。

"这个最低要多大排量的车才能拖?"苏敏看上了一个拖挂后,开始仔细端详。

"自重最好1.8吨以上,排量不会太小的车。"戴眼镜的销售一脸实诚。

"那我1.6的排量……"

"有点勉强。"还没等苏敏说完,这个销售就接上了话,不过话一出,又赶紧补充道,"不要走山区道路,不要走高海拔地区,走高速能成。"

苏敏心里大致有了个数,眼前这款车挺好,三明治结构,外面是玻璃钢板材,内部的床、卫生间设计都非常合理,让人一眼就能喜欢。

"还是自己的车太小,不怪拖挂不好。"逛完一圈后,苏敏有些失落，像一个急切期盼糖果可最后却落空的孩子。

"当年买车还是女儿给的3万块钱首付。"对此，苏敏感到幸福，钱虽然不多，车也不算贵，但女儿对自己也是尽了全力。

剩下的部分，苏敏每个月分期还，退休工资不够，她还在超市打了两年工。

"付了每个月的按揭，我就剩下七八百块钱。有时候手头也是真紧。"

即使手头再紧，苏敏也没想过让丈夫出钱，在这件事情上，她甚至都没有问询过他的意见。苏敏在意的只是，不想因为买车对女儿的家庭有所影响。在苏敏的坚持下，车本上有了女儿杜晓阳的名字。

"房子没有我的名字，车子也不用是我的名字。"

"我还真是个白户。"有时候，苏敏会自嘲一下。

讽刺的是，证明苏敏结过婚的那张红色的纸，也丢了。更可悲的是，多年前，县里的结婚档案丢失过一次。20世纪80年代结婚的居民，民政局都采用手动记录，还没有电子存档。早些年，办事人员提醒老杜回去补办，可两人一直拖着。

现在看来，如果真的想离婚，还得先重新办一张结婚证书。

苏敏其实是不在意的。她不在意自己的名字是否会出现在这些凭据之中。她只想从这些物件上捕捉到家庭的温暖。最终，房子没有给她带来这种感觉,车子却帮助她逃离了目前的生活。

"多存些钱,总能买到合适的拖挂。"暂时的失落,仅仅是暂时的。走出来后的苏敏,开始拥有的东西,早已超过以前。

就像现在陪在苏敏身边的朋友们。

4. 山城

在成都待了几天后,几个在重庆的老同学执意邀请苏敏去山城一趟。

"和成都所在的天府平原不一样,让你去看看在山里立起来的城市。"重庆三个老同学,和苏敏也保持了良好的友谊,即便他们是男性。

苏敏很开心,那个"8D 的魔幻之城",苏敏早已在电视、网络上翻看过无数次。成都和重庆,一衣带水,两城之间交通极为便利。苏敏不打算开车,300 公里左右的距离,最适合感受一番城际高铁。

她没有拖沓,答应下男同学们的邀约就立刻订了去重庆的车票。直到上车后,苏敏才晓得,想要买高铁票的自己,最后错买成了动车票。

"算了算了,这样的事情,不去计较。"苏敏很快对这一失误释怀了,并未影响自己出行的心情。

"这样的失误,并不会影响最终的目的地。"就像在她的认知里,无论如何,一个"成员完整"的家庭都是"正确"的象征。

"我不能因为自己的错误把它打散。即使它是在自己一时错误的决定下组建而成的。"

"摆设就摆设吧,最起码我有家可回。"

动车上,苏敏顺着眼前转瞬的景色,和身边的老友笑着。只是她说这番话的时候,有些过于平静,像是不在乎,又像是刻意为之。车外的景色,像一帧帧模糊失焦的画,快速变换着。苏敏的笑,倒映在车窗玻璃上,越发明朗。

在重庆迎接苏敏的,是一碗小面。几个重庆男人,不明白北方的民间习俗,也没有弯弯绕绕,只知道小面是自己城市的名片。他们认为,一碗红油打底的面条,可以开启酣畅淋漓的一天。这个举措,恰巧迎合了北方人下车吃面的传统。

苏敏也因为看到一碗面,倍感热络。岁月沉淀下的情感,因为某些物件,立刻苏醒。

"上车饺子,下车面,多年的习惯。"苏敏想起了父母。从西藏回河南后,回到家吃的第一顿饭,就是母亲擀的面条。

还有很多习惯,苏敏在成长、婚姻岁月里已经养成。就像现在离开丈夫以后,总是会有一些奇怪的细节惹人怀念。

同样，三个男同学知道苏敏没有开车来，提前就为她订好了酒店，默契且实诚。

他们告诉苏敏，要让她看看一个魔幻、生猛的城市。这个地处我国地势第二阶梯与第三阶梯、四川盆地与长江中下游平原过渡地带的城市，拥有极其复杂的地貌。长江和嘉陵江贯穿整个重庆市区，形成了奇特的城市风景。

其中一个男同学开车，他们带着苏敏，从江北出发，穿过嘉陵江大桥，上到渝中半岛，最后再驶过长江大桥，抵达南滨路。一天的时间，几个人围着整个市区，转了一大圈。

"这就是两江交汇吗？浑黄的是长江吧？"站在南滨路上的苏敏，拿着手持照相机一边录像，一边询问。

"原来从房子里穿过的轻轨是这样的。"站在李子坝轻轨站下面的苏敏感叹。

"重庆的老房子都是这样挂在山上的吗？"苏敏路过了洪崖洞。这排依山而立、直面嘉陵江、建筑风格特异的吊脚楼，靠网络火遍了全国，与同样在网络上受人关注的苏敏，有相同的味道。它们都属于小众。

为了方便让苏敏看到城市的全貌，其中一个男同学提议去感受一次索道，渡长江。

"索道早已变成了旅游项目。"男同学笑了笑。

作为两岸居民交通工具选项的渡江索道，在失去它本来的属性后，换了一副样貌，获得了一个新的身份。就像已经履行完社会意义上所有母职的苏敏，在逃离她本来的家庭后，获得重生一样。

置身在长江索道里的苏敏，看着这个暂时困住她身体的长方形盒子一点点驶离陆地，想起了千里之外的丈夫。

"他在家还好吗？"

出发之前，苏敏想过，这次出行，就当作是一次试错的体验，看看离开彼此的两个人，是否能过得更好。如果觉得这样都挺好，那就分开；如果觉得还需要彼此，那就凑合下去。

此刻，苏敏觉得她奋力挣脱的婚姻，略见成效。而丈夫就像眼下的人群一样，越来越小。

"还能需要彼此吗？"苏敏不知道。

在路上

1. 在路上

为了和一个房车车队一同出发，苏敏在重庆玩了两天就赶回了成都。

"他们是一个组织，要统一出发，去云南。"虽然没有开房车，但因为目的地一致，苏敏说服他们捎上她的车一块走。

这个叫"中国旅居之路"的团体，从一开始就展现了极为友善的包容性，这种没有为难和拒绝的接纳，让唯一一个开着不统一车型的苏敏，放松且不拘束。

出发前，组织里的小伙伴给苏敏的小车贴了一个标号——No15。这个贴在驾驶座外侧、引擎盖上的标号，代表着苏敏在车队中的序列，也代表着她是18辆车中不可缺少的一分子。

"每一个人都很好,即使是刚认识的。"

"他们开的都是房车,只有我的是床车。"看着一辆辆房车开始调整出发队形,苏敏不免打趣道。

苏敏总是称呼自己的车为床车。这话一点错都没有,是床也是车,兼顾多种身份,就像苏敏一样,是女儿,是妻子,也是外婆。

从房车停驻的营地出发,第一站是昆明。这是出发前组织统一的规划。至于中途你的车怎么走,并未设限,只需要在合理的时间到达目的地所在的营地即可。

出发的时候,苏敏随车带上了一个小姑娘。因为苏敏出发时录的一段独白被放到了短视频平台上,不知道被什么人转发,她突然变成了"网红"。

大家对她的家庭、对她的婚姻、对她鼓足勇气的"逃离"产生了兴趣。这个姑娘到来的目的,就是想深入探寻一番。

而苏敏回想中的往事,早已被抽掉当时的情绪,只剩下一层外壳。

"有个小伙伴一同走,也是好的。"在国道上,苏敏开着车和身旁的小姑娘琳琳说道。

她们决定先去蜀南竹海玩一圈。出来到现在,苏敏对于要花很多钱才能进景区,本能地回避。

可苏敏心里的很多钱,到底是多少,她也说不上来。比如这次,她是真的很想要去好好玩一玩。

"虽然去往诗和远方的路费很贵，但有趣的人生，一半都有山川湖海。"

在快到目的地的道路上，两旁的植被已经变成了竹子，立在有些湿雾的空气中，朝一个方向弯着身子。

进入景区后，这样的景色更是随处可见。世界上最大的天然竹林，俨然不是夸张的说辞。

而背负着这般名号的竹子们，像是刻意保持某种身姿，来迎合这样的环境。在竹海深处，一道瀑布被起峦的石峰分成了五股。它们安分地待在自己的轨道里，从顶端往下流淌，直到共同滴落进底部的溪流中，汇聚在一起。在溪流的冲刷下，身下的岩床不断被磨损着，直至变软。

"岩石都可以磨平、变软，难道人心比石头还硬？"通过某些场景，苏敏总是能联想到自己，随即坠入黑暗中。

"算了，算了，心如磐石的也不是没有。"不过她也能很快说服自己，立时走出来。

苏敏的这种能力，不是与生俱来的。在原生家庭的憋屈、婚姻生活的不幸中，苏敏用一次次尝试、反抗、妥协来获得开脱。

她说自己几乎找到了一种暂时的舒坦，但那仅限于没有出逃之前。

　　站在蜀南竹海的观云台上，苏敏往外探出头。四周白茫茫一片，整个天际被裹成一团。时间虽已近中午，云雾似乎没有要散去的意思。而隔着一层雾气，苏敏无法透过它看到下面的世界。就像苏敏和丈夫老杜之间，也隔着一层捕捉不到的雾气，让彼此无法探寻。

　　"走吧，往下走走，走到下面，总能看清。"苏敏在上山的路上，认识了两个新朋友。她习惯把路上新认识的人，都视为朋友。在她心里，萍水相逢，就是缘分。

　　踩在有些湿滑的石板上，苏敏走得比较小心，等到进入一个连续且狭窄的隧洞时，她才抬起头，将视线从地板移向四周。

　　"我的人生就像这个山洞。它没有困住我的手脚，却让我难以呼吸。"

　　"你这样独自出来旅行的中年女性不多见。"

　　"你家的那口子呢？怎么不和你一路。"刚认识的两个人中的一个，有些好奇。

　　走在他们前头台阶上的苏敏，头都没有回："在家打乒乓球呢，我俩爱好不一样。"

　　苏敏不知道，此刻的丈夫在哪里，不知道他在干什么。出门到现在，丈夫没有给她来过一个电话，苏敏也"默契地"不去过问他。

望着前方等待出行的苏敏。

苏敏在整理帐篷，用尖嘴钳固定帐篷绳子。

而这样脱口而出的答案，是丈夫几十年日常行为的缩影。苏敏清楚，这个缩影里，没有她。

2. 外婆

从景区里出来，苏敏计划明日再赶路。刚找好营地，支起帐篷，苏敏的手机就响了。女儿打来视频电话，说孩子们想外婆想得紧。

本来想开始做饭的苏敏，赶紧放下端着的盆，用抹布擦了擦手，顺手举起支在桌上的手机，沿着车子四周晃动。她在尝试找一个好一点的角度，让孩子们看得清楚些。

其实早在苏敏看见孩子们的那一刻，她就已经是最好的状态。只是映射在视频里的笑意，她无法看到。

视频里，两个孩子一前一后往屏幕上凑，生怕自己落后了，外婆无法看见。

女儿怀孕后，苏敏就和丈夫搬到了他们家。这俩孩子，苏敏看了3年多，自然亲近得很。

"两个孩子，姑娘一个人盘不过来。"虽说从怀上双胞胎后，女儿杜晓阳就从原单位离职了。可苏敏清楚，两个孩子，一个人全职是看不过来的。

生了孩子后，杜晓阳有一段时间患上了产后抑郁症。

"经济压力大,内分泌又不正常。"

"再恼火,也不能一天乱发脾气。"苏敏对女儿的情形有些揪心。她甚至觉得女儿喜欢发脾气,是自己的错,"在成长过程中太惯着了。"

生产后的大半年里,杜晓阳时常对着丈夫指责一番。比如从没看过孩子、不够体贴、不帮忙做事……字里行间里全是挑刺。

每次看见女儿发火,苏敏就特别紧张:"我感觉女婿很好,一个人上班,挣钱养活一家人,女儿一分钱不挣,为什么那么大脾气?"

这种潜意识的影响,苏敏照例假想在了女儿身上。有段时间,她看所有的男人都觉得一样。她害怕,害怕不挣钱人家瞧不起,没地位。她更害怕,女儿像她一样。这样的悲剧,苏敏不能接受。

所以从小到大,苏敏都没催过女儿,学习上不催,婚姻上也不催。

"我只想她自由自在些。"直到女儿27岁决定结婚时,苏敏才开始变得担忧起来。

"是不是做母亲的都这样,说是放下了,其实什么都没放下?"

女儿生了孩子那一年,苏敏总觉得女儿的幸福不安稳,有些像架空在山间的房子,一个震荡,顷刻间就会倒塌。

她时常在白日间隙,在女婿上班的时间里,和女儿说:等孩子大一点,赶紧找份工作,不要依赖丈夫。

"我有点害怕,就把家里我能洗的,我能做的,全都干了。"

临走前,苏敏还把女婿所有的鞋都拿出来刷了一遍,也把整个家里里外外收拾了一回。逼仄的屋子里,原本堆满了孩子们的东西,似乎没有人存身的位置。整间屋子是白色的,在灯光的照射下,突兀又无处遮掩。

"日常生活气息太重,全是日常,全是气息。"

苏敏花一周的时间收拾了一番。打包了很多物件后,房间一下子空出了大半。

而这些无处遮掩的空白,在整理过后,明得晃眼。

"我喜欢这种空白。"苏敏喜欢的不仅是空白,更是清理干净后,对居住在女儿女婿家的一种礼节的展示,和自我出走的决心。

"不过出来到现在,我又觉得,女儿嫁对了人,婚姻挺幸福的。"

"你看我外孙子,挺可爱吧。"视频完后的苏敏,对身边的琳琳念叨着。

提起女儿,苏敏的口气变得活泛起来。离开那间屋子前,她几乎收拾打包了一切,却没有移动一张挂在墙上的照片。照片里,苏敏小小的身子站在中间,右手挽着她的女儿,这样的闪光时刻,在杂乱、逼闷的空间里,格外显眼。

此时此刻的苏敏,坐在房车营地外的马扎上,双手撑着腿。在没有繁重母职的约束后,在没有刻意去取悦他人的谨慎下,她不必再假装去经营任何关系,尽力感受着自由。

生活中的漫长时光,可以让一个人面目全非,也可以让一个人愈加清晰。苏敏只是换了个心境,自然就不一样了。

"好舒服,这段时期的快乐,超过了我的第二自由时期。"她想起了在西藏的童年时光,那是她在出来之前,真正属于自己的最快乐的一段回忆。

那里有辽阔的土地,干净的天空,还有她和伙伴们到山沟里去摘的野果子。

外婆的身份,也是责任的身份。

苏敏是真的开心,她从马扎上立起身子,小跑到车尾,从后备箱里掏出两瓶啤酒。

"今晚喝一点。"苏敏看着琳琳。

3. 越界

昭通,云南省下辖地级市,地处云、贵、川三结合部的乌蒙山区腹地,坐落在四川盆地向云贵高原抬升的过渡地带。

苏敏要从与之北侧紧邻的四川宜宾市出发,顺着金沙江行驶,才能抵达昭通。并未受昨夜酒精的影响,一早就起来的苏敏看了一眼导航,语音提示告诉她,两地之间相距275公里,驾车走国道,需要7个小时25分钟。

这个小城,是内地通往南亚、东南亚和云南通往内地的双向大走廊,也是苏敏奔向云南的必经门户。

"金沙江的水,和澜沧江好像,都是青色的。"随着眼前天色越发明朗,苏敏离开四川境内,驶入云南地界。

这两条并流而不交汇的江水,一同发源于青藏高原,它们像一母同胞的兄妹,出于同处,各自成长,最终去向不一。

就像苏敏和自己的兄弟们。

当年在昌都,苏敏和弟弟们的日子,也并非全然是苦难。援藏的父亲有一份不错的工作和工资,家里的吃食并未太过紧缺。

弟弟们虽有些顽皮,可还能听苏敏的管教。不过,这也仅限于童年。而后,大家是如何走散的,苏敏也说不上来。

"你说,这是不是我的婚姻,是不是我的丈夫造成的?"苏敏问一直跟着她的琳琳。

"可能是,也可能不全是。"

没有得到准确的答案,但苏敏心里明白,造成他们今天渐行渐远的,是金钱、时间、家庭……

"至少我走了,他们还在原地。"苏敏现在能支配的,也只能是自己。

"终于见到了太阳,已经几天没感受到阳光了。"小车驶上一个山顶后,没有任何遮挡的阳光冲天而下,苏敏仰起头像是在迎接,似乎是在用热量复原心情。

看沿途的景色不错,苏敏决定多待一会。她把车开到了一个景区门口。刚下车,苏敏就遇到了一群年龄相近的人。几个出来旅行的中年男女看见举着 GoPro 录像的苏敏,很是好奇。

"记录旅程,真的是想分享给更多的同道中人。"苏敏口中的同道中人,是指和她有相同人生经历,经受过压迫、苦难人生的女性。

穿天的云海,留在了苏敏手机里。

"如果不曾与她们相识、交谈，我会多么遗憾。"

几番交谈下来，其中一个和苏敏年纪相仿的大哥，邀请苏敏做他们团队的队长。

"我们正好组成一个7人团队，你带着我们，我们听你安排。"

"不行不行，我能力差劲，还是大哥你来领导我们。"对于大哥的热情，苏敏受宠若惊。

最终，苏敏没有经受住大哥的再三邀请，成了他们的队长。苏敏很高兴，第一次到这个景点的她，摇身一变做了职业的向导。

看见云海，苏敏说："穿云而过，洗了肺腑。"

踏上玻璃栈道，苏敏说："飞机上也看不到这样美丽的景色。"

站在山岩的缺口处，苏敏说："蹦极有点悬，可以玩跳伞。"

苏敏像是早已熟知于心的导游，拿出自己全部的热情和仅有的语言词汇，做着一份重要的工作。一时间，苏敏找到了一种存在感，出门在外后，这样的感觉日益加深。她终于为自己的生活挤出了一条路。就像苏敏到现在都相信，"你在生命中走过的每一条路，最终都会带你走向注定的归宿。"

团队成员和自己及丈夫老杜年纪相仿，活得随心所欲，苏敏看着他们，心里突然产生一丝对丈夫的怜悯。

这种怜悯暂时压住了苏敏对他的恨。她想着自己还能跑出来，至少现在是自由自在的。丈夫的身体状况，似乎已经不允许他瞎折腾了。

前两周女儿来电话，说爸爸住院了。可夫妻俩谁也没有给谁打电话。

"可能他自己会照顾自己，可能女儿也会照顾他。"

"只是我不想再去照顾他。"苏敏避开那几个新伙伴，和琳琳说道。

在山上玩了一天，车回到了昭通的营地。苏敏决定休整一天，洗衣服、擦车、整理后备箱、充电……她有很多的事情要做。

这是苏敏自驾游后才有的事情。在这之前，这些都与她无关。她的世界里，只有煮饭、洗衣、带娃、照顾一家人。

30多年的婚姻熬了过去，苏敏始终没有下决心离婚。起初，她强调的原因是为了给女儿一个完整的家，结婚时不至于被婆家瞧不起。到最后，她又说，那只是能拿得上台面的、大家都能接受的理由。

实际上，无论什么理由，苏敏都不能说服自己。现实里的考量太多，"离婚"这两个字，不只是简单的两个字。她不敢想象，离婚后的自己会如何生活。女儿怎么办？房子怎么办？面子怎么办？

在这个家里，她几乎"一无所有"，只能沉默着。

而沉默的代价，是苏敏在2018年患上了抑郁症。有些飘忽的三个字,似乎不配出现在20世纪60年代生人的世界里,以至于当苏敏发现自己不对劲的时候,抑郁症已经到了重度。她不时出现的大哭大闹、心慌、汗流不止,让女儿惊觉,这才去了医院被定性。几十年的隐忍,终于分崩离析,人就沉了下去。

"突然觉得活着没有意思,老公以前像是陌生人,现在不是像,真的就是陌生人,心里的那股劲儿,再也扭不回来了。"

"想过一了百了,可又总觉得少了点什么。看着女儿、外孙们,又不想死。"

她一边洗衣服一边和琳琳闲聊。苏敏知道,很多人对她的世界充满了好奇,随即变成了打探。她不太在乎这些细节,从出来的那一刻开始,她就不怕撕开过往。只是现在的她,说着这些,像是在说别人的故事。

趁着这个间隙,苏敏从后备箱里拿出一个正方形的小包,小包和公文包有些像,不过袋子里装的是一块折叠的太阳能充电板。

"昨晚用了电,今天车子不能移动,没办法在行驶途中充电,只能用太阳能。"

"还好,云南的太阳不错。要是像在四川那一周一样,简直没办法。"

"这也是运气吧。"苏敏很擅长在这些环境中找寻到一种新的支点，来抚慰自己。

这个打开后刚好够平铺在引擎盖上的太阳能充电板，可以带来新的能量。就像苏敏，逃离出来，也就好了。

"先煮饭，今天吃辣椒炒腊肉。"腊肉是成都的同学给的，辣椒是她的后备箱里永远都会存在的食材，和鸡蛋的存在一样寻常。

在那个家里，苏敏几乎不买辣椒，除了给女儿做辣椒酱之外。丈夫老杜不能吃辣，所以苏敏炒菜也不用辣椒。

"辣椒酱自己想吃，就往碗里放，可以不用顾及他。"出门之前，苏敏还在家为女儿女婿做了好几罐，备着。

"大家都爱吃，为了迁就一个人，所有人就得憋屈着。"

食物的补给，让苏敏获得了极大的满足。100瓦的太阳能充电板，虽说不快，5个小时也能充满那1200瓦的电箱。

"所有的事情，你解决不了，时间会替你解决的。"苏敏吃完饭，准备把后座好好收拾一番，腾出一些空间，这样在赶路的午间，自己可以有地方休息片刻。

她戴着一顶新的黑色鸭舌帽，发型从盘发变成了马尾，娇小的身子裹着一件卫衣，在阳光下，像个小姑娘。

"这是我前半辈子买过最贵的帽子。"苏敏在说到"最贵"两个字时，特意加重声调，脸上泛起了些微红光。

苏敏这顶黑色的帽子，是她在成都买的。同学说，出来自驾游，太阳太大、太恶毒，买顶好的帽子，怎么都是好的。

苏敏特意去逛了商场，在一家专卖店里一眼就相中了那顶帽子，拿起后就再没放下。一个出门到现在，连酒店都舍不得住的人，第一次为自己而"破费"。

而现在，苏敏依然没想过要离婚。就算一夜之间，拥有几百万的财富，甚至给她可以再次选择婚姻的机会，她都不想再折腾了。

"这样挺好的，至少心无所谓了。"

在云南昭通的古城里，苏敏要继续往前走，而琳琳要结束陪伴回到自己的城市。告别时，苏敏告诫她，对待感情要慎重。

"不要像阿姨一样，不负责任地选择爱情。"当爱情这两个字脱口而出时，苏敏愣了一下，眼神有片刻的虚焦，"不，不是爱情，"她纠正自己，"是婚姻。"

4. 意外

再次恢复一个人的苏敏，继续出发往昆明赶。370 多公里的距离，苏敏打算分两天走。一则是不用太劳累，二则是路况实在不算太好。

从下午 4 点多开始，苏敏就拿着手机一直搜索营地，直到傍晚 7 点多才用 App 寻到一个叫生态营地的地方。

这是一个专业做"自驾旅行营地找寻"的App，是苏敏出来后一个房车驴友告诉她的。她把它当作是一个提供补给的备选。

顺着导航的指示，苏敏的小Polo一直往山里开，景色随着日落，变得有些荒凉起来。路旁的参天大树刷着白色的防虫漆，在暮色下，有些突兀。苏敏此刻不知道，这些捅破天际的树，还有一个特别的名字——黑心树。偶尔见几处老房子撂在路旁，屋顶近乎塌陷，露出木头房梁，板壁受日晒雨淋变成了深红色。路旁没有行人，山道上十分钟也看不见一辆车。

"怎么连一辆车都没有，在露营地过夜，怎么也该碰上几辆房车吧。"苏敏小声嘀咕着，"不过导航说是生态基地，在深山里也没错。"苏敏从产生疑惑到否定疑惑，只用了不到十秒钟。

51公里的山路，就在苏敏的疑惑和自我否定中，走了整整1个多小时。在疑惑的时间不断拉长的间隙里，苏敏听到了导航的播报："您的目的地已经到达，目的地在您的右侧。"

扭头顺着泛微光的车窗向外探了探头，苏敏傻眼了。右侧什么都没有，定神一瞅，地上只有大大小小的几个水坑，在远光灯下有些闪烁，像波光粼粼的平湖。

又朝左望了望，马路不远处确实有两间屋子。苏敏心想，跑了一个多小时，到都到了，还是得去看看。她赶紧把车舵挪到P挡，拉起手刹后打开车门走了出去。

苏敏走上前,看见两间屋子都没锁门,一间屋亮着灯,一间屋黑着。她走进那间亮着灯的屋子,空空荡荡的一片,屋中间放着一张矮桌,几个凳子无序地围着矮桌放着,桌子在日光灯的直射下,格外刺眼。奇怪的是,这道从屋顶透下的光柱里,没有一点灰尘浮动,矮桌也显得一尘不染。

"没有一点灰,还亮着灯,可是没有人。"苏敏打了一个激灵。

不仅没有人,苏敏甚至连一声狗叫都没有听到。

"这地儿不能留,得赶紧走。"像是洞悉了天大的秘密般,苏敏醒过神来。

她下车太急,以至于手机还在车里的支架上立着。不过此刻的苏敏,突然有了侦察兵似的警觉。她并未转过身去,只是用眼睛斜瞅着车的方向,一步一步倒着走,退出了屋子,退到了车跟前。

回头、钻进车、锁门,一气呵成,甚至可以理解为不敢大口出气。再次确认锁好车门的苏敏,赶紧取下手机,却发现手机早已没有信号。

信号其实在进山的途中就已丢失,只是苏敏未发觉,她导航的时候手机的卫星定位被覆盖住了,一直没有退出导航的她,这才得以"顺利"地来到此地。

"怎么办,怎么办……"心已经悬到嗓子眼的苏敏,手开始抖动起来,手机一滑,掉进了座位缝里。

"不管那么多了,倒回去走。"并没有着急去掏手机,苏敏一脚油门把车掉了个头,车灯在几秒的时间里划出了一道道弯曲的光圈,随即湮没在黑暗里。

"太可怕了,没人不可怕,亮着灯没人才可怕。"苏敏后来回忆道,"那个时候大气都不敢喘,生怕突然冒出个啥东西。"

在彻底的黑暗中不知道穿梭了多久,苏敏终于看见几盏灯火。确定是居家住户后,她赶紧走过去找信号,确认自己身在何处。

很遗憾的是,苏敏并没有搜索到信号。"有没有WiFi?"苏敏说出这句话后就后悔了。屋里只有两个老人,他们看着这个半夜叨扰的不速之客,有些惶恐。

"怎么去昆明?"苏敏顾不得那么多,问了一句她确信对方可以听懂的话。

这次对方是听明白了,站起来朝外指了指路,说了句:往前开,20分钟就能到镇上,从那里走可以去昆明。

就这样,晚上10点多,她终于把车开到了一个镇上,看见马路旁亮起灯火,这才安下心来。

"去昆明得走高速吧?"苏敏把车停在了一栋二层小楼外,询问坐在小卖部里的一个小哥。

"得走高速，路不好，天还黑，高速也快。"她得到了肯定的答案，同屋子的人也附和道。

苏敏连忙道谢，拿出已经有了信号的手机，没有丝毫犹豫，直接开上高速，奔昆明而去。

因为时间太晚，苏敏最后选择在离昆明20公里处的一个服务区过夜。她还有一点后怕，在山上的遭遇，着实把她吓住了。

而这也是从出门到现在，苏敏第一次感到落单的恐惧。

彩云之南

1. 春城

第二天，苏敏起了个大早，她想着赶紧去和房车车队汇合。在成都时，临行前苏敏和其中一个房车车主交换了号码。车刚下高速，还没进昆明市区，苏敏赶紧给他拨去了电话。得知蒋大哥和几个朋友的车在城外一个车场停着，她径直就去了。

"哎呀，城里到处都限高，烦死了。"说话的是蒋大哥的媳妇，张姐。

"要不这样，小苏你开你的车去看看，找个市区里我们可以开得进去的营地。"蒋大哥一见到苏敏就表明意图。

"行，那我去找找。"刚和他们碰面的苏敏，没有多想，立马应承下来。

可开车在城里绕了一上午,苏敏都没有找到合适的驻车营地。不是收费太贵,就是限制高度,要不就是地下停车场。

"都不行啊。"苏敏给蒋大哥打去了电话。

"这样吧,先回来,我们往玉溪开,去抚仙湖住。"电话那头的蒋大哥,在苏敏去市里找营地的这段时间,也在四处询问。

习惯服从安排的苏敏,听到蒋大哥的建议,并没有多想。这些年来养成的习惯,不管是在家里,还是逃离后,苏敏都不曾改变。

再次和蒋大哥一行人汇合后,苏敏决定,这段时间都跟着他们一起走。当她知道蒋大哥他们会走高速时,苏敏的主意又变了。

她告诉蒋大哥,让他们先走,去抚仙湖的营地再汇合,自己决定先去滇池转一圈。

"好歹也是来了,我去转转,你们先走。"

苏敏心里盘算的不仅仅是去转一转。其实她不想走高速,昨天晚上是逼于无奈,今天她没有找到合乎情理的理由。

为了避免尴尬,苏敏才说自己要先去转转。

滇池是云南省最大的淡水湖,有"高原明珠"之称。整个湖一大半都在昆明市辖区内。苏敏开着车围着滇池绕了好大一圈,看到合适的地方就停下来拍拍照。无意间看见驴友群里有人说,滇池边上的观音山有一个营地,苏敏顺手搜索了一下,发现那儿离自己的位置很近，当即就决定留宿一夜，想着不用太累，第二天一早再往抚仙湖赶。

车子盘上山顶后，苏敏看见一个小公园模样的坝子，坝子里有几个石凳，被太阳晒得发白，像古墓一样；几根细瘦的树枝，投射在石凳上，阴影发长，像吐出了生命最后几口气，气若游丝，连随风摆动都省了。

事实上，苏敏看到的就是公墓。在坝子的深处，有个四方牌坊上写着"观音山公墓"。再往里头开，全是一排排墓碑，整齐、干枯、寂寥、荒无人迹。

"这是啥专业营地 App，太不靠谱了。"一连两天发生这样的事情，苏敏一股气冲了上来。

"得走，这里是有个停车场，但也不敢住。"看了一眼时间，刚过下午 3 点半。苏敏决定不再找营地，直接去抚仙湖。

"走高速，不然天黑又赶不到。"

"早知道就和蒋大哥一行人一起走。"当机立断是受了上次的影响，有些后怕的情绪又要探出头来，苏敏赶紧压了压。

不敢多待，苏敏开车又从观音山上绕下来。在下山的途中，她碰见一个露天停车场。上山的时候，她光顾着看导航，没有注意。这会子，好巧不巧，苏敏看了个明白。停车场里没停几辆车，沙土地上铺了些碎石子,一个用木头搭起来的长方形盒子上面用红色油漆写着"厕所"两个字。在厕所旁边,立着一块木头板子,上面用黑色油漆写着:停车每小时五块。

不过苏敏注意到,还是有两辆房车在那里停着。

没有要停下来的意思,苏敏转头看完后加了一脚油,把速度提到了70迈。她想尽快离开这里,试错的过程,这两天感受得真切。

刚一下来,苏敏就看见群里的群友在说:"营地在公墓后面,还要往里再开开。"

"即使后面有不错的营地,我也不敢去住。"苏敏心想,无论如何都要离开这个地方,她不想像前几天一样,受困在深山老林里。

"一朝被蛇咬,怕了怕了。"

上了高速后,苏敏不小心把音响开关碰到了,听到收音机里面传出来的声音,她心紧了一下,有些像是针头扎进血管,她用手自然而然地握实方向盘。不过痛也只是一瞬间的事,几秒钟后,苏敏松了一口气,"还好听到的不是他的那些'神曲',以前一开车就放,还专门花钱拷进了U盘,也不知道有啥好的,闹死了。"

苏敏开车的时候从来不听歌,唯独这一次,她没有去关音响。在出城的高速上,广播里放着《鸿雁》;而赶往抚仙湖的苏敏,马上也将见到成群的"鸿雁"。

2. 金钱

抚仙湖的营地不错，有水源，有厕所，营地里还铺了草坪。比起之前几天经历的囧途，苏敏很庆幸选择赶过来，"尽管上了高速，花了 81 块钱过路费。"

苏敏把车停在一个角落，她不想突兀地立在众房车中间，刻意找了个隐蔽的位置。一排排房车并列而放，有些像建筑工地旁的移动板房，可细看一眼，又比板房高级多了。

营地不远处，就是抚仙湖。抚仙湖，湖的面积有 212 平方公里，仅次于滇池和洱海。虽屈居云南省第三大湖，抚仙湖的总蓄水量却是前两者之和的四倍，有着相当丰富的水利资源。湖面四周围着很多的水鸟，不太怕人的样子，反倒有些亲近人。它们成群地从水面上腾起，快速冲上天际，又猛然下坠，直至立在湖边的石砾以及护栏边上。

苏敏蹲在一块有水的石头上，用手去搅动一汪湖水，阳光的直射，让她有些睁不开眼睛。

"真好看，蓝天和白云在一起了。"出来到现在，在言语上不再受制于人，有些幼稚的话，苏敏时不时总能说出几句。

苏敏打算在营地住上几天，一是因为环境好，二是因为不收费。

苏敏喜欢在下午的时候去湖边溜达，湖边的风几乎没有断过，随处可见的白莲蒿、狗尾巴草，总是顺着风的方向，一路追逐。夕阳西下，光掠过苏敏的肩膀，打在湖面上，似乎给它染上了一层镀金后的光芒。

这个景象，像极了一幅画。

这两天苏敏总是在湖边喂鸟，喂完后会在石头台阶上坐一会，晒晒太阳。脚前丛生的芦苇和她的头发一样，在初冬的云南，迎着微风乱舞，貌似缺少一丝水分，即使此处毗邻湖水。

在营地驻扎的第三天，苏敏见到了自己的一个粉丝。那是从出来到现在，除了媒体，第一次有人专门因她而来。苏敏很开心，通过社交平台，自己的故事让很多人知晓，她毫不掩饰的"曾经"，也让很多人感同身受。

她有了一种可以帮助别人的喜悦，虽然这并没有任何实质上的助益，但每一个人都告诉她，她厉害得很。

和这个同龄的姓徐的姐妹聊得正欢时，苏敏的电话响了。看见显示屏幕上写着"晓阳爸"，苏敏心里咯噔了一下。没有拖沓，苏敏"喂"的一声接起电话，只听见电话那头传来丈夫老杜的声音，说的第一句话就是："你走高速了对吗？刷的我的卡，81块钱，赶紧还我。"

心慌的感觉一下子就消失了，苏敏只觉得一股火冲上了脑门。

"就这个事儿？出来到现在，第一个电话，就为了这个事儿？"

苏敏连连问了两遍。她有些不相信说话的人是自己的丈夫,她又不得不相信,这就是多年来始终如一的丈夫。

出来 40 多天给自己做的心理建设,因为丈夫的一句话,又崩塌了。生活的改变,并没有使苏敏变成另外一个人。但她还是受到了影响,千里之外的影响。

庆幸的是,苏敏和他相隔千里。在片刻的失神后,她赶紧将思绪扯了回来,一手用力地按下红色按键,把电话反扣在小桌子上。

抬起头,苏敏看着眼前的网友,有些尴尬地笑了笑,起身朝车后走去。

"没曾想,你老公真的是这样,没见到还真不敢想象,你说的那些都是真的。"网友徐大姐有些吃惊,瞪大了眼睛,看着苏敏。

"习惯了,只是没想到,跑了这么远,都能追着。"

"像个千里讨债的。"苏敏从后备箱里拿出水壶,打算喝口水消消气儿。

苏敏想不通。她不知道两个人的婚姻,为什么不能谈"钱"。她人生中添置的最大分量的物品,就是身后的这部小车。执意要买车的她,花了 2 年的时间才还完贷款。她将退休工资贴进每月的贷款里,仍然不够。

在为还贷款去超市做推销员期间,苏敏每天要面对大量匹配给她的商品，但她几乎都不认识。开始的时候，推销成功率和她的底薪一样低，每日发麻的鼓膜和磨损的声带，让她觉得必须换一种方式。

她开始学着变着花样推荐，和不同的人说不同的话，挣钱买车的劲儿，让苏敏把自己放得很低，却也高于困在婚姻里的角色。

"那段时间，每个月就只剩 800 块钱的生活费，也不知道自己是怎么过来的。"

苏敏从小喜欢车，从来没有奢望过能买得起房子的她，却没断过买车的念头。没曾想，开着自己的车出门，暗地里还是和丈夫老杜有所牵绊，她着实有些气。

挂上电话没多久，苏敏爬进驾驶座，一把扯下了贴在挡风玻璃上的 ETC 卡，顺手丢进副驾驶前的抽屉里。

"免得还有下次，取下来，一了百了。"苏敏的气并没有消，她有些嗔怪自己，"干什么用他的卡，走人工通道不行吗？"

这样的细枝末节，在一起生活的时候，时刻显现，苏敏无法摆脱。而现在，或许可以摆脱，希望可以。

3. 大理

待了几天，营地的管理员看停车的人越来越多，开始收取停车费用。苏敏和蒋大哥商量了一番，决定出发往大理去。

还没出来前，苏敏就把大理作为自己必须要去的目的地。在带孩子的那些日子里，苏敏在小说中见过太多次这个地方，"那是个神秘的地方。"

苏敏或许不知道，"风花雪月"才是大理的代名词。这座身在苍山洱海间的城市，有着山川湖海的底蕴，走近它也要越过山川湖海。

走山路，苏敏的车反而更加便捷。一行人，4辆车，大家走得并不快。一路爬到山顶，出现了一个平缓的空地，是用水泥打的地坪，像是专门给车提供停放的地方。

蒋大哥给苏敏打来电话，他的意思是休息、做午饭，苏敏的态度也是如此。

在上山的途中，蒋大哥开车，媳妇张姐就在车后面炖肉。这样的节奏，极大地节省了时间，也是出来这么久他们悟出来的经验。

各自分工做菜，没一会儿工夫，撑起来的小桌子上就摆好了几个菜。桌子中央，摆着一小盆刚榨好的油辣子。恰如其分出现的油辣子，让几个人的味蕾得到难得的统一，就像他们结伴出行，保持好了刚建立起来的默契一样。

"你姐还在看着肉，马上就好了。"戴着鸭舌帽的蒋大哥是个高高瘦瘦的人，帽子下的一双眼睛，隐藏在眼镜后面，不时地抬头瞄瞄，像是可以看穿一切。

而坐在苏敏旁边的王大哥，常常带着微笑和她说话，微笑中显出关怀又有一种刻意的老练，似乎这是他一种随常的派头。相同的是，他也戴着一副方框眼镜，眼镜上面也有一顶同款鸭舌帽。

苏敏和他们也是一样的行头，黑色鸭舌帽，红色边框眼镜，甚至连休闲帽衫都是一种类型。或许，在外旅行，这样的装束最为寻常。苏敏有一瞬间的恍惚，她以为自己和他们是一类人，带着同样的目的出行，最终也将带着同样的目的回去。

午饭是在紫溪山山顶上享用的，面前有一个大水塘，水塘四周用木栅栏围着，像是故意隔绝开来。苏敏说里面可能有鱼，她没有看到有人来钓鱼，却看到不少村民在采蘑菇。

"听说蘑菇叫九月黄，可我们也不认识，不能乱采。"出来之前，苏敏就听说云南遍地都是蘑菇，没想到就这么遇到了。

"没事儿，我们也不吃。"张姐朝苏敏挤了挤眼睛。

"也是，不敢乱采。"苏敏附和了一句，可她的眼光并没有离开，一直跟着眼前的村民转动。

从小在西藏长大的苏敏，和张姐有着不同的成长背景。苏敏看着这些原生态的东西，会有一种别样的情感，她说不上来，有点似曾相识，可明明又不相识。

到了大理后，苏敏长了个记性，不再单纯地相信营地导航，提前就在一个驴友群里问好了大理可以停放房车的位置。

到了苍门山下的停车场,她发现车是可以停的,但是守门的门卫临时抬价,一晚上要20块钱。这下几个老大哥不乐意了,一窝蜂就围了上去。

"你便宜点嘛,我们好几台车。"

"我们还有一群人没到呢,到时候给你介绍生意。"

"之前朋友停车都是10块钱一夜……"估计是受不了几个人唧唧喳喳,门卫老爷子也就允了一个车10块钱。停车场里有监控,有水,还有厕所。

争取到这样的结果,几位大哥非常开心。60来岁的几个人,像是干成了一件很了不起的大事,嘴角咧得老高。为了表示获得一场胜利,蒋大哥提议出去下馆子,不要自己做晚饭。

选了好几家饭店,王大哥最后拍板,说去吃重庆火锅。

"来云南不吃菌子,吃重庆火锅?"苏敏提出了自己的想法。

"不好吃,不好吃,喜欢吃辣的人,还是得吃重庆火锅。"王大哥像是早已断定菌子火锅不好吃,在他心里有自己的食物评判标准一样。白天在山上吃午饭的时候,他几乎每一道菜都要单独挖一勺油辣子。

"你想吃菌子火锅吗?小苏,想吃我们就去。"蒋大哥像是读出了苏敏的意图。

苏敏连忙说了句:"不用,不用,听大家的。"她习惯迁就身边的人,即使自己不想。而这样的迁就,苏敏觉得也是尊重,毕竟少数服从多数,她宁愿委屈自己的心意,也不想别人来刻意照顾她的情绪。

"至少他们问过我的想法,即使最后没选。"看着比丈夫大不了几岁的蒋大哥,苏敏心里流过一股暖意。她根本不在意吃什么,只是在30多年的婚姻中,丈夫从来没问过她想吃点什么,就像从来没有在意过她这个人一样。

4. 旅行团

第二天一大早,蒋大哥就告诉苏敏他们报了个旅行团,要来一次大理深度游。

"150块钱一个人,玩一天,四个景点。"

"划得来,划得来。我们把几个人的团费都交了,一会儿车就来接。"张姐跟在蒋大哥身后,生怕自作主张,苏敏会责怪。

既然已经把她算在里头,那也不好推脱。苏敏连忙把团费给张姐转了过去。

不一会儿工夫,旅行团的大巴车就把几个人接上了。一上车,屁股刚坐稳,导游小姑娘就开始友情告知:"我们一会儿要去古镇,但是你们不要乱买东西,比如我们这边的特产,银杯子。"

苏敏心想,眼前这个和她几乎一般高、戴着一顶遮阳渔夫帽的小姑娘还真是负责。

不过,没一会儿的工夫,导游又举起扩音喇叭,"银杯子可以去湿气、治百病,还可以洗毒,特别是当地产的雪花银。而在当地产的雪花银中,只有一家店卖的才是正宗的。"

越说越玄,苏敏这才反应过来,之前的一切都是铺垫,为的就是最后那一句"只有一家店卖的才是正宗的"。

苏敏觉得自己看穿了"面具下的谎言",抄起手,笑了笑。可坐在苏敏周围的几个大哥来了兴致,一嘴一个追问,到底哪一家才是最正宗的。

大巴车的第一站把他们送到了天龙洞,并没有去古镇。一路上,导游小姑娘极富热情地围着蒋大哥几个人。

"天龙洞,《天龙八部》里段誉遇见神仙姐姐的地方。"

"顿悟的好地方。"

苏敏倒是听得很认真,可蒋大哥他们有些着急,即使有一条人工巨龙攀附在整个山壁上,也没有吸引住他们的眼球,总是问什么时候可以去银店看看。

后来,在游船上,他们才有点像一个游客正常的样子,几个人举着手机四处拍照。苏敏坐在铁皮船的船尾,用背靠着皮栏,伸手想去够水里的水鸭。

"距离太远,摸不到。"苏敏朝撑船的汉子吼了一声,随即引来了好几个人的附和声。

船头的撑夫见大家都在起哄,一把举起船桨,顺着水朝水鸭的方向搅动一下,一群鸭子全部跃起身子,几秒钟后,落在苏敏的船舷边。

"看看,看看。"撑夫大声地笑了起来,在太阳的直射下,他的脸越发黝黑,像是恩受了本地所有的日照。

苏敏这才觉得,这150块钱,不算白花。

最后一个景点才是去古镇,至于原因,可以想见。等车一到古镇,蒋大哥和王大哥直奔导游说的店好一番挑选,最后都看上了同一款雪花银水杯。

银水杯标价1080元,俩人拿出了昨日在停车场讲价的气势,最终成交价为1000元一个。

付钱的时候,蒋大哥还回头问苏敏:"小苏,你怎么不买一个呢?这个杯子好得很啊。"

"我现在这些钱,加油都不够,买了喝西北风去。"凡事都讲究个你情我愿，苏敏不想让他们扫兴。

拎着袋子，几个人刚走出门没几步，就看见整条街布满银店，而且每一家都在牌匾上写着"祖传手艺，假一赔十"。

进门一瞧，每家的价格都比蒋大哥买杯子的店要便宜。他费尽口舌，花费1000元买的杯子，这些店只要一半的价格。

像斗败的公鸡，两个人有些受挫，低头不知道合计了什么，两人又去买了一对勺子。

"便宜也占了，贵的也买了，还是小苏你行，啥也不买。"王大哥对苏敏有些刮目相看。

"我是没钱，要算计着花。"苏敏倒也是实在，在这些事情上并不遮掩。

出门到现在的开销，都靠着每个月2380元的退休工资，苏敏必须得算计好。

"最近还多了些打赏，不多，但也可以加点油。"苏敏口里的打赏，是她每隔一日的直播收入。在成都的时候，老同学杜杜的儿子告诉苏敏，做直播可以挣到钱。苏敏这才想着法子多挣点。

苏敏考量的很多，不能向女儿张口，也不可能向丈夫张口，节省就是唯一的选择。

"人一旦选择少，就会算计得多。"

"没钱了,我就停下不走了,等着下个月的退休金。这个月就花得多。"苏敏一边走,一边和张姐闲聊。

"今天加上吃饭总共花了 240 元,心疼。"走到大理,苏敏才第一次花钱报团逛景点,而且还是被迫的。她和眼前开着房车到处走的蒋大哥、王大哥、张姐不一样,至少在经济层面上。

苏敏也想过,和丈夫的关系这么糟糕,是不是因为自己生了个女孩。这只是她的一种假想,别的原因当然也有,家庭、长相,甚至是经济实力。

这样的假想是无法验证的,她不能去询问女儿,也不能从别人身上找到答案。而这样的假想,贯穿了苏敏整个婚姻生活,萦绕不休。

一早就起床的苏敏,看见停车场旁边的广场上有人在跳舞。和还在洗漱的蒋大哥一行人打了个招呼,她就朝广场走去。

几个穿着民族服装的人,像是在为某一个活动做演出,跟随着音乐的律动,他们扭动得异常和谐。苏敏站在一圈人里面,不免也跟着哼了起来。

没过几分钟,一个穿着破烂、佝偻着背的老人拄着拐杖走了过来,走到人群中。老人伸出了一只手,由于要支撑着全身的重量,另外一只手不能离开拐杖。围观的人看见不断靠近的手,开始往后退,齐齐不说话。苏敏迟疑了一下,伸手掏遍了口袋,翻出一个苹果和

10块钱，放在老人的碗里。

"他每天都在这里转悠，我都瞧见好几天了。"站在身旁的一个大姐说话了，似乎被暂时禁言，现在又得以解封。

"没什么，看见了，只要有点就给点。"苏敏并不在乎这个人是出于何种目的要来乞讨。她知道自己不能真正地帮到他，但又想，这就好像人的生活，本就不容易，也正因为如此，彼此才会这样出乎意外地善待对方。

给完钱的苏敏没有继续看表演，转身往回走，蒋大哥昨晚和她商量后决定，今天他们要先去洱海边上转一转，然后赶往丽江。

面朝洱海，苏敏顺着步道找寻最合适的位置照相，最后在正对月亮宫的位置上落定。她听说过杨丽萍，知道她是个大舞蹈家，一生未婚，无儿无女，其他的就一无所知了。

"她真是个厉害的人，比我还大6岁。都是女人，活到最后，还是要为自己、为梦想活一把。"

苏敏在这个"真"字上，重重地停顿了一下。她不完全了解杨丽萍的人生经历，但这不妨碍她心里的认知。

在洱海边上的一间店铺里，苏敏买了些鲜花饼。叠铺在门前簸箕里的干玫瑰花瓣，有些像沁色的雪花，一个戴着口罩的机器人，坐在长条凳上压着花瓣，一进一退的动作，有点滑稽。而促使苏敏决定买来试一试的是墙上的一句话："最好的香味是健康。"

"这话说得对，没有健康就什么都没有了。"苏敏有些走神，她像是想起了某件往事，似乎一种无形的东西已经不在这里了。

苏敏买了三盒鲜花饼，给几个大哥一家分了一份。苏敏的闺蜜曾经说她，"如果苏敏有钱，那她肯定豪气冲天。"

这话苏敏时常能听到，总能高兴一会儿。或许，这个分享的时刻，是她距离豪气冲天最近的时刻。

苏敏深知，这也是她距离丈夫老杜最远的时刻。

5. 丽江

顺着214国道驶上大丽线，一直朝北走165公里，就到了丽江。蒋大哥一行人走的高速，他们和苏敏约好晚间时分在丽江汇合。

国道上车不少，苏敏瞧见了不少外地牌照的车，还碰见了一个摩托车队。他们比苏敏开得快，从她的车边呼啸而过时，卷起一阵轰鸣声。而两侧的树木茂盛且粗直，夹着云贵高原的热气，有一种繁盛之余的干枯味道。出来两个小时后，苏敏打算在一个村子边上歇脚。围着村子转了一圈，看得出来，村子里以前居住着一个生产队的人，现在渐渐空了，只剩下零散的两三家人。在村子的尽头，有一排排老树，插在土质微红的地下，和树身上的苔藓并列，依稀能透出荒芜之前人居的鼎盛。

  苏敏把车停在了一块空地上。空地边上有一排瓦房,房子外围有一根水管,估摸着是接的山上的泉水。

  "有水方便洗菜洗碗。"遇到活水,苏敏更加愿意架好桌子,支起炉子,将锅里加满水。这一套动作,她已经可以控制在2～3分钟内完成。

吃一顿午饭,似乎就可以获得慰藉。

再来洗菜、切菜、准备佐料,也就 5 分钟的工夫,而此时锅里的水正好沸腾开,放入面条、菜,煮个三分钟,盛到放好佐料的碗里,一顿午饭就做好了。

关于吃饭,出来 50 多天的苏敏形成了一种固有的模式。在赶路期间,大多以面条为主;在营地休整的时候,她会给自己烧上两个菜。而加入鸡蛋是贯穿这两种饮食方式恒定不变的一环。它像是承载了某些习惯,固定出现在苏敏的早、午、晚餐中。

进了云南境内后,日照强烈,时常让苏敏犯困。吃完午饭,苏敏把副驾驶往后靠了靠,她打算眯上 1 个小时。一个人开车,疲劳驾驶太危险,在这之前,她差点就因此撞上一辆车。

苏敏的车技在她这个年纪的人中,算很不错了。她喜欢开车,异常喜欢。

"能找到骨子里的那个我。"苏敏总是这么说。在 49 岁那年,她考驾照,一次就过了。

苏敏还记得,在考科目三的那段时间里,有次一个交警坐在旁边,他看了一眼她的身份证说:"这么大年纪了,学车干什么呢?"

"就是喜欢,再说了,百岁还未过半呢!"对于这样的好奇,苏敏觉得是正常的认知。可她就是喜欢,即使那个时候,她还没有属于自己的车,更没有买车的钱。

车学会了才动了买车的念头。喜欢车这件事，或许和苏敏小时候的经历有关。她在昌都念的小学，在一座山后面，那是一个电厂的子弟小学，她每天要从林场走很长一段山路去上学。放学后，也总是一个人走这段路，日子久了，自己时常会心急。有一回，放学晚了的她走到一个凹沟里，四周几里已经黑定，她偶然回头看到一片亮闪闪的东西，吓得赶紧跑。

后来才晓得，那是林场里的木头，被人丢在沟里腐烂了，发出光来。

"那个时候就感觉，要是能有车多好，有一部车就什么都不怕了。"即使那个年岁，苏敏见到的车最多不过是拉木材的"三驴子"。而现在，苏敏躺在副驾驶上，享受着阳光的恩赐，做着一个好梦。

结伴的好处就是凡事都有人替你想着。苏敏的车刚到丽江，蒋大哥就打来电话问，生怕她又绕到哪个沟里走不出来。等苏敏把车开到汇合的营地，发现几个人已经支起桌子，通通倚靠在帆布折叠椅子上晒太阳，蓝白条纹靠背像是早已统一好的色彩，在力的作用下，往下凹坠。而在最外边，苏敏看到了一把空着的椅子。那是蒋大哥前几日买的，他总是说苏敏的马扎坐着太难受，给她找个舒服的试试。

摆好车，苏敏没有忙着去撑开帐篷，她从后备箱里拿出几个苹果，一屁股坐在那张等她等得有些发烫的椅子上，埋着头开始削皮。

"就剩下这几个了,就算吃个下午茶。"苏敏安起心来,要把这几个苹果削完分给大家,就像她今天执意要塞给那个老人一样,没有理由。

这个有 20 多种少数民族居住其中的旅游城市,拥有世界文化遗产"丽江古城"、世界自然遗产"三江并流"、世界记忆遗产"纳西东巴古籍文献"这三大世界遗产。几乎到过云南的人,都来过丽江,而来过丽江的人,都会逛一逛古城。

第二天,一行人在丽江古城转悠了一整天,苏敏买了一件 30 块钱的披风。用廉价的化纤毛线织成的披风,混杂了好几种颜色,挂在苏敏的身上,让人有了一丝的错觉:是否穿错了小孩子的衣服?

但苏敏很喜欢,买了就套上,还特意跑到公共厕所涂上了口红。

刚美了没几分钟,王大哥就提议,大家 AA 制去吃个饭。一听到脱口而出的火锅,苏敏的脑袋又大了。

"又吃火锅。"苏敏脑子里想。

"你们成都人火锅吃不够吗?"苏敏嘴里说。

"云南菜我们也吃不惯啊,就吃火锅吧。"王大哥似乎是在认真排解苏敏的疑惑。

苏敏不好多说什么,一路上几个人对她的照顾,让她倍感温暖,剩下的细节索性就不去计较了。

那顿火锅是一行人离开丽江前的最后一餐，火辣辣的，刚刚好。

6. 香格里拉

香格里拉是云南省迪庆藏族自治州辖县级市，藏语的意思为"心中的日月"，它处在滇、川、藏三省区交界地，因出现在英国作家詹姆斯·希尔顿的著名小说 *Lost Horizon*（《消失的地平线》）中，而为世人所向往。苏敏也很向往，只是这本书她未曾读过。

丽江离香格里拉不远，不到 200 公里的路，一天的时间就能赶到。苏敏的车在国道上开得不算快，从进入云南境内开始，大自然的风景让她心情雀跃。身旁的玉龙雪山和哈巴雪山，顺着车行的速度，像一帧帧嵌入世间的画，在眼前闪现，却又显得不真实。

越往里走，海拔越高。对于出生在西藏的苏敏来说，18 年的成长岁月让她早已习惯含氧量的稀薄，而后几十年的生活，也不曾改变她的习惯。就像生而有之的某种特殊技能，不管你在哪里，经历了什么，它都会牢牢地和你绑在一起。

临近中午时，苏敏提前停了一小会儿车，把米焖进了小电饭煲里。她估摸着越往里走，海拔越高，到时候米不容易熟。果不其然，当她揭开那个绿色方形电饭煲时，里面是方扁扁的米饭，冒着热气，有种缺少什么似的干净。

"还是煮出了夹生饭。"苏敏没有办法,舍不得浪费的她,还是就着辣椒炒鸡蛋,三三两两地填进了肚子。在高原地区的生活中,高压锅是日常的产品,苏敏没有准备,一是觉得太占位置,二是也不想浪费钱。

"毕竟做饭的锅都有,舍不得。"吃了夹生饭的苏敏,似乎和过去的记忆永久绝缘。明明就知道饭不会熟透,还是想要一试。就像明明就觉得婚姻有嫌隙,还是想要挽回。

不再焖饭的苏敏,买了一小袋馒头,一块五一个,她付钱的时候觉得有些贵,可回头一想,又觉得价格合理。这样的自我矛盾时常出现在她的生活间隙中,不会轻易消失。

站在香格里拉古观景点,两座雪山才算真正地耸立在眼前。没有移动,也更显真实。赶上不错的天气,太阳透过稀薄的云层打在雪山腰间,有日照金山的盛景。苏敏举着 GoPro,希图把眼前的一切以最完美的状态收入。或者说,她不想忘记。

不想忘记的还有味觉上的记忆。香格里拉临近藏区不足 200 公里,苏敏开始怀念酥油茶的纯,想念糌粑的香。它们像隐形于苏敏身体里的记忆,不曾拿起,却有痕迹。

"你们或许吃不惯,酥油茶有股味道,不太让人接受得了。"苏敏向身边的张姐说着,她不想让人误解了自己心中的食物,现在看起来，那些日子还是一段值得回忆的时光。

逛了一阵后，蒋大哥几个人有些高原反应，苏敏让他们先回营地休息，自己要去转经筒看看。

"那可是世界上最大的转经筒。"苏敏对于转经筒并不陌生，但是她想知道，"世界上最大"到底有多大。连着爬了好一段楼梯，绕了几个大弯，苏敏有些气喘，在气息变得急促的片刻，突然想到了丈夫老杜。

丈夫老杜身体不好，时不时就呼吸急促，苏敏有些明白这种身体上的不可控。她生出了一丝怜悯，这种感觉又在看见转经筒那一刻，转瞬即逝。

香格里拉的转经筒，藏着苏敏的心愿。

眼前有八九个人,穿着红色的袄子,头上绑着同一色彩的头巾,按照顺时针的方向围着转经筒移动。苏敏站在石梯上看了一会儿,她不想闯入她们中间,打破她们的节奏,就像苏敏不愿意轻易打破既定好的规则。

等几个人转得差不多,苏敏才混入其中。穿着红色呢子大衣的她,从视觉上几乎和那群人合为一体,却又经不起细看。

不过目的总是一致的,至于是否可以,那就只是内心的一种笃定。就像幸福的意义,本就存在多种诠释。

王大哥打来电话,说晚上请客吃牦牛肉火锅。无论王大哥走到哪里,味蕾的喜好都无法改变。苏敏赶到饭店时,火锅刚刚煮好。不过,不会沸腾的锅底带来不了太多的热量,几个人越吃越冷,不到一个小时就在喊撤退。

苏敏吃火锅的时候突然意识到,自己的帐篷或许不足以抵御高原的寒冷。没做过多的考虑,从饭店一出来,她就跑到对街的一家超市买了一张电热毯。这样的物件,稀疏平常地出现在这个地区,就像注定会被需要一样。

不过到了半夜,苏敏还是醒了。电热毯的耗电量太大,电瓶没电后,她被冻醒了。冻醒后,苏敏不敢起身,尽量把身上仅存的热气聚在一起。她摸到脚底的袜子,用脚一点点勾到了手里,又小心地套在脚上。整个动作下来,她几乎屏住了呼吸,生怕动作幅度太大,会打散了热气。貌似在这种情形下,连呼吸重了都不行。

此刻,身上的被子像一张薄纸的篷面,压住了风,却压不住冷湿的气息。从各个角落溜进来的湿气,让内外的温度无甚差别。苏敏像是睡在四面透风的屋里,在单薄的被褥下,护着残存的一点体温。

躺着喝了一口保温杯里的温水,苏敏拿着手机数时间,在等清晨到来。她有些想念白昼里直射的阳光,打不开眼没关系,重要的是可以传递温暖。

好不容易熬到了早上6点,苏敏爬了起来。整夜的雾气打在棕色的帐篷外皮上,聚成一层层水珠,挂在帐篷上没有往下落,显露出经霜受潮的内情。而此刻,雾气还在次第加重,太阳想要冲破它,还要费一番周折。

苏敏用最快的动作洗漱完,她在等蒋大哥一行人醒来,离开这里。

6点半,一向最早起床的蒋大哥,看见坐在瓦斯炉前的苏敏,裹着一件红色呢子大衣,不停地跺脚。

"小苏,你穿这衣服还挺好看。不过今天怎么起这么早?"睡在房车里的蒋大哥,似乎没有受到寒冷的侵袭,一早就开始打趣。

"我半夜就醒了,冻的。"苏敏有些自嘲。

"那我们今天就走,去保山,那里气候好。"本来还咧嘴歪笑的蒋大哥立马正经了起来。

这样的对话,出现在清晨第一束曙光来临前,清空了苏敏因为寒冷受冻而带来的低落心情。

"好的,我给你们煮好了鸡蛋。温在锅里。"苏敏笑道。

7. 停不下的脚步

"当你老了,回顾一生,会发现读书、工作、恋爱、结婚都是命运的巨变,以前还以为是生命中最普通的一天。"出来 2 个月后,苏敏录了一段视频,作为对自己前半生的总结。

到了保山后,几个人商量去丙中洛看一看,问苏敏要不要一起。这个靠近西藏自治区的小镇,也是云南边境的少数民族乡。

在这之前,苏敏从未听说过。

"带你去看看怒江第一湾,美得不得了。"王大哥希望苏敏跟着一起走,在言语上做出引导。

从 230 省道出发,穿过一段美丽的公路,然后上 219 国道,400 多公里的距离,一天跑下来并不轻松。出来到现在,她从没有在一天之内,开过这么远的国道。但对于邀约,苏敏不想拒绝。

"反正我也没事,那就去。"

出发没多久，他们就堵住了。盘山公路的弯处，像是人的小肠，此刻被车流壅塞，几乎不剩下空隙，机动车根本无法通过。

"估计是前面出了事故。"苏敏对于堵车这件事，有些恼火，赶忙下车，准备去瞧个究竟。

"两个车撞了,转弯的时候,借道视野不好,就撞上对面的车了。"一个已经打探完情况的货车司机一边往回走，一边给迎面上前的人说着。

"那得多久？还要赶路呢。"

"你从哪里来，要到哪里去？"司机大哥见苏敏举着手机，以为她在给堵车现场录视频。听到苏敏说她从河南来，他不禁睁大了眼睛。

"厉害，厉害，一个女人开这么小的车，跑这么远。"

这样的诧异反应，一路以来，苏敏遇到过很多次，虽说不是什么特别的话语，可她听得舒服。

没等多久，苏敏就瞧见去看热闹的司机全部往回跑，困住的车一窝蜂都往前上，喇叭声一时不绝于耳。

苏敏不喜欢按喇叭，在开车方面，她遵循着一套自己的逻辑。从出来到现在，苏敏已经被扣了三次分，一次在西安压线走，一次在宜宾路边违停，还有一次超速行驶。她说她基本算是全面违章，占齐全了。每次收到违章短信时，女儿都会给苏敏打来电话，一则提醒她注意安全，二则嘱咐她一定要遵守交通规则。

而实际上，苏敏很注意，每个城市的道路都存在差异，她光依靠导航，有时也很头疼。

"有时候，在城市里开车，真的很难。"苏敏宁可在国道上行驶，也不愿意在城市里穿梭。

几个车到达丙中洛时已经过了下午 6 点，商量了一下，他们决定在镇子外的公共停车场住一夜。这段时间，苏敏和他们结伴而行，蒋大哥会刻意把苏敏的车夹在几个车的中间，即使是停车过夜，也不例外。

通车后，苏敏很开心，不忘了举起手比"耶"。

"说我的车太小,不安全,用大车围着好一点。"

"说要养精蓄锐,去看传说中的云中仙境。"他们告诉苏敏,那里是人和神共同居住的地方。

第二天一大早,云中仙境就被揭开了神秘面纱。所谓的仙境,是一群起伏山脉中的云雾,盘桓在整个天际中,遮住了山那头的世界。在冬季还未到来前,雪已经将山腰填得满满当当,似乎怕再晚些日子,就占不到最好的位置。从远方的山尖上飘过来的一些雪花,落到苏敏肩上的时候,瞬间又化成了雨。

苏敏走在观景台的步道上,薄雾中,穿着咖色卫衣的她,背有些佝偻,像岁月压着的苦难,经受不起雨水的洗涤。

因为天上飘着雨,几辆车就没有待太长的时间,慢悠悠地去怒江第一弯转了一圈。弯曲幅度几乎达180度的马蹄形河流,青绿色的河水曲折而来,又迂回得明白,朝低势而去。

苏敏觉得这样的画面很熟悉,像之前见过的金沙江,也像澜沧江。由于人没法下去,不一会儿几个人就说要打道回府。有时候出来旅行就是这样,喜欢的地方,苏敏就会多住几天,而这被云雾遮住整个天际的地方,似乎离她有些遥远,虽说半个母亲河就在眼前。

正好王大哥又接到房车组织者打来的电话,需要他们赶到腾冲汇合。汇合的目的是为了分离,组织者把目的地定在了腾冲。

刚到丙中洛的下午,苏敏享受着阳光。

于是又掉头原路返回，折腾到腾冲的时候，天上下起了雨。苏敏晚上没有吃饭，撑着伞说要出去转转。雨水的驾到，打湿了整个空气，周遭的路面都沉入晦暗之中，变得不清晰。随着灯光的退匿，苏敏走在细长的街道上，被拉长的背影，看上去有些孤独。

第二天，20多辆车举行了一个解散仪式，颇有仪式感。原本整整齐齐排列在营地两旁的房车，因为有苏敏的小车加入，显得有些"跳戏"。就像这群自驾驴友中，除了苏敏是自己一个人，别人都有人做伴儿一样。

午饭很简单，依然是煮了一碗面。似乎在面条之外别无选择。苏敏不想参与到别人的午餐之中，这样会有负担。

苏敏知道，有些人出现过就足够庆幸，就像一段路走完了，也就该退场了。这一段旅程，与蒋大哥他们结伴，苏敏感受到了从未有过的甜头。

从腾冲去芒市的路上，发生过一次让苏敏哭笑不得的小插曲。两个从北京来的小姑娘，雇了一辆带司机的车，特意过来采访苏敏。苏敏本来计划要和蒋大哥一行人一起走，商量好了去大理做正式的告别。

为了等这两个女孩，苏敏让蒋大哥一行人先走一步，第一天先赶到芒市汇合。人一到，苏敏就张罗着要走，其中一个姑娘说司机是本地人,认识路,让苏敏跟着她们的车走,苏敏觉得这是个好建议。

白色的领头车,是一辆小型 SUV,苏敏记不得牌子,只能在保持着安全距离的状态下紧跟着。跟了大概 10 多分钟后,一辆大车把苏敏的车超了,巨大的车体,就像是一个移动的方形集装箱,苏敏不敢靠得太近,跟在大车的后面走了五六分钟才找到机会超车。

向左打转向灯,猛踩了一脚油门,蹿上去后又跟了一脚油门,这才完成超车的整个过程。

"还好,没跟丢,白色车还在前头。"苏敏像是完成了一项很大的工程,舒了一口气。

生怕再出现刚才的情形,苏敏看到前面的车踩了一脚油门,她就踩一脚门;前面的车降速,她就减速;就这样不紧不慢地跟着,她觉得也挺轻松。

跟了大概半个小时,前面的车突然靠边停了下来,苏敏也只好跟着靠边停。没过一会儿,车上就下来一个男的,径直走过来,苏敏赶忙打开窗户。

"你跟着我干什么?你是什么人,想干什么?"男人的语气有些凶,和那张也不算友善的脸揉在一起,像个凶神恶煞的门神。

"车上不是有两个小姑娘吗?你是司机吧?是她们让我跟着

的。"苏敏觉得有些莫名其妙,连忙补充道。

"什么小姑娘,哪来的小姑娘,你到底是谁?"男人听到苏敏的话后,一张脸越发显得扭曲,眉毛、眼睛、鼻子几乎要拧成一坨。

"你的车上没有两个小姑娘?"苏敏有点慌了,定神一看,发现眼前这个男人确实不是刚才有一面之缘的司机。

"你到底要干什么?"男子似乎被彻底激怒了,在这之前,他的面部表情虽然不友善,可没有任何肢体动作,这下他伸出那只黢黑的手,探过驾驶座的车窗往里伸。

苏敏吓得赶紧去按窗户的按钮,仿佛只要动作慢了一点,就会被人扼住命运的咽喉一样。

没有得逞的男子,叉着腰朝里头念叨了几句,骂骂咧咧的样子,苏敏觉得像极了丈夫老杜。这个多日都不曾出现在脑海里的男人,此刻又浮现了,像挥之不去的幽灵。

苏敏觉得有些恶心,连忙喝了一口水,从中控上取下手机,给其中一个小姑娘拨通了电话:"你们在哪里呀?我把你们跟丢了。"

"我们都到营地了,已经和你的朋友汇合。"

"那我现在就导航赶过去。"苏敏有些生气,她没有气那个男人对自己的态度,只是气自己不够细心,这样的错误很容易引出更大的错误，很危险。

　　因为之前花了 81 块过路费的事而早已经拔掉 ETC 卡的苏敏，径直找了最近的路口，奔上了高速。她不想两个姑娘等自己太久，这样的等待，苏敏不习惯。

西双版纳

1. 你好，西双版纳

在芒市做了一段短暂的停留，回到大理后，苏敏和一行人正式告别。她没有什么可以赠予的，出来之前从家里带了些自己做的辣椒酱，就给几个四川人分了几罐。

这种给四川人分享辣椒酱的行为，是多日旅行下来苏敏悟出来的友好交际方式，投其所好，还能获得自信。

上次来大理，苏敏是跟着他们一起参加的旅行团。分开后，苏敏想要去洱海边上再看看，找找那种免费的玩法。

顺着环洱海景观公路，苏敏把车停在可以下水的路边。她开车的时候就在四处张望，发现这是一块不错的地方，水边倚着一块庞大的树墩子。

从这个只剩一半身躯的树墩子，依稀还可以看出它原本是一棵大树，不知何时遭到了毁灭性的打击。就像苏敏一样，从她的笑意上，你几乎已经捕捉不到她的过去；但是透过那些转瞬即逝的眼神，你依稀可以看出她的底色。

歪栽在水里的树墩子，有一半露在岸边的沙土上，探出头的那半边生出了些青苔，凹凸不平的，像历经了多年的苦难一样。

不远处的水里，歪歪扭扭地站着一群小树，它们是冒出来的新生命，随着水浪的拍打，发出一阵阵的响声。

站在沙砾上的苏敏，还是那副眉眼，在黄昏日落的投射下，蒙上了一层滤镜般的面纱，比起刚出来的时候，时间的尘土并未让她变得晦暗，反而愈发明亮。

"云和天几乎粘在一起，倒影在水里，好美。"

苏敏围着洱海一边走，一边录像。最后有些累了，她才找到一块草坪，双腿交叉盘在一起，坐在草甸子上。随着不间歇吹拂的微风，苏敏高高扎起的马尾，朝着一个方向吹起，让人产生眼前这个56岁的妇女还未成年的错觉。

从在成都开始，苏敏就喜欢把头发编成小辫子，或者聚在一起扎成马尾。这段时间，苏敏喜欢日常穿着卫衣。这些外在的改变，宣告着一种决心，不管多少，总归与以前不一样。甚至在笑起来的时候那豁了口的门牙,都让人觉得那么好看,几乎褪去了苦涩的印记。

由于之前在大理待过好几日,这次路过,苏敏不打算做太久的停留,她想早点赶到西双版纳,争取留出富裕一点的时间,慢慢开车到海南岛。

这样的计划,也算是苏敏对接下来的旅行做了一次大致的规划。从出来到现在,她几乎没有真正意义上去规划过什么事。就像苏敏的前半生,也从来没有被刻意规划过,最后才致使自己有了一个荒诞的结局。

赶到西双版纳后,她也要与几家媒体人碰面。因为在路上,苏敏手机的信号总是时有时无,不便于做详细的采访,几家媒体和苏敏商量,最后决定在西双版纳碰面。这是个在深冬时节,还能保持初夏气温的城市。除了西双版纳,在冬季持续保持 25 度以上气温的城市,还有三亚。

而这两个城市,一个是苏敏即将赶往的,另一个是她的新年目的地。它们之间原本并无交集,归属于两个省,分属于两种气候,相距 1800 公里;可苏敏觉得它们有牵连,或许是冬季一致的气温,系起了那根隐秘的线。

迎接苏敏的是当地电视台的几个小伙子,其中一个本地小青年对苏敏说:"总有一天,你会以任何方式来到这里,而那一天就是现在。"

"总有一天，生活对你的所有亏欠，都会悉数归还。"苏敏反应敏捷，这让几个小伙子有些出乎意料。

他们进行了一个简短的拍摄，其间苏敏打听到了一处停车的地儿。

"泰国街附近，龙舟广场。"这两个具有显著指向的名词，让苏敏很快找到了目的地。果然如打听的情形一样，广场边上的这个停车场停着不少轿车和房车。

这是一个有人专门看管的停车场，停车一夜要20块钱。苏敏觉得在这样的位置，这个价格算合理。这块长方形的水泥地，被裹在

苏敏在停车场撑开自己的帐篷。

高楼和商铺中间，不易察觉，可以让人安心。随着黑夜的到来，亮起来的霓虹灯预示着这个靠近东南亚的城市的夜生活即将开始。而这种黑夜里的繁华，和苏敏无关。

穿着外套的苏敏觉得有些热，她刚接了一个电话，电话里是一个媒体采访者，小伙子从武汉飞过来，人刚到。他们在电话里约好，第二天一早见面。

出来到现在，苏敏从第一次接触媒体时的不敢言深，到现在的畅所欲言，实属不易。

"我不能为了面子，最后失去里子。"苏敏50多年来的账本里，什么都有，除了自己。可此刻，她属于自己，包括在言论上。

2. 自杀

丈夫在言论上限制了苏敏多年。一个眼神扫过、眉头一紧、鼻子和嘴巴几乎要拧成一团的时候，苏敏就知道，他要发怒。

"是不是又说错什么话了？"这句话，苏敏问了自己30多年。至今没有答案。

大多的时候，苏敏不会和他争执。可忍受了长时间的屈辱之后，苏敏也会爆发。不过得到的依然是屈辱。在每次与丈夫的冲突中，小则是言语上的攻击，更甚的是拳脚交加。苏敏的小身板，不时总会领受一番如此的"礼遇",留下些时光才能抹去的痕迹。

而有些伤痕,时光也无法完全抹得干净。

第二天,在停车场,背靠着车身、坐在小马扎上的苏敏,面对镜头,直接撕开了自己藏得最深的伤口。摄影机镜头里面的苏敏,穿着一件雪纺材质的黑底白点短袖,短袖里面藏着几道伤痕,和她眼下的笑容有点不协调。苏敏说,这是在郑州那段生活里留下的。

两年前,苏敏为此差点丧命。

那天,两个小孩的爷爷奶奶来看孙子,女儿杜晓阳心疼苏敏平日里太累,让她和老杜休息几天,不用带孩子。

苏敏和老杜简单收拾了几套换洗衣服,打算回老房子住几天。

这套他们已搬离3年的老房子,苏敏住了有20年,去年政府刚翻修过外墙。但是在房墙的边上,一根安装不稳的水管,支出半个身子,不时有水滴落下来,墙面也因受潮长出了青苔。相比起它们的年纪来说,即使翻修过,老房子的外部衰败得也有些太快。

那么多次从此处出入,像是在脑子里消失一样,苏敏有些记不起来了,只剩下一个黑乎乎的影子。就像童年记忆一样,她记不清家的味道。

刚进家门,苏敏随口说了一句:"正好可以休息几天,带孩子可真是熬人。"

"你，我还不知道你，去帮忙带孩子，肯定有什么想法。"丈夫老杜站在电视机前，一个大嗓门朝她吼过来。

苏敏脑袋里"嗡"的一声，全身像是被突然钉在案板上的鱼，动弹不得。

"想法？我能有什么想法，给自己女儿带孩子，能有啥想法？"回过神来的苏敏，扯着嗓门顶了回去。

"我怎么知道你有什么想法？你又不是正常人。"

"你今天给我说明白，我有什么想法？"看着眼前这个男人，苏敏觉得自己就是个小丑。结婚30多年，到头来得到的全是指责和怀疑。苏敏可以忍受一切，唯独不能被人误解。

"你就是不安好心，图些啥只有你自己知道。"在老杜的认知里，他早已给苏敏定了性，无论她怎么解释都无法逆转。

"你给我说清楚……"苏敏的后背开始冒虚汗，双手几乎不受脑子控制，像是发癫痫，抖得厉害。她试图控制自己，连忙起身站在老杜面前，老杜却一把把她推开，苏敏没站稳，摔了个跟跄。

彻底的爆发，或许就是因为摔了一个跟头。有了这个肢体上的缘由，苏敏连忙从地上爬起来，拿起餐桌上的水果刀，照着自己手腕就划了两刀。

"你给我说清楚！不然我死了，都要证明清白。"

老杜看着苏敏朝手腕上划了两刀,依旧站在电视机前,面不改色。唯一的不同是,他不再说话。

见丈夫没有反应,苏敏拿起刀,对准胸膛用力一捅。直到捅至第三刀,苏敏胸前喷出来的血止不住往下淌,性命攸关的时刻陡然来临,丈夫老杜这才反应过来。

"你没有想法就没有呗。"丈夫夺下刀,一边拨打120急救电话,一边不忘了补充一句。这句话,轻描淡写,脱口而出,像是在点评刚才发生的一切,又像是在为这场闹剧做总结。

送到医院的时候,苏敏的衣服早已全部被鲜血染红。在急诊科,周围几个人聚过来看。事情处在一种难言的状态中,也许会停下来,也许会不动声色地变得完全不同。

"怎么回事?"医生看着随救护车一起到医院的老杜。

"不关我的事,她自己捅的,她有精神病。"老杜连忙解释,生怕话吐慢了给自己惹上麻烦。

"赶紧送手术室,准备缝合。"对于老杜的解释,医生觉得莫名其妙,斜着眼睛瞄了他一眼。

从上救护车到进手术室,苏敏没说一句话。她似乎在死亡门槛前打了个激灵,把伸出的半边身子又收了回来。苏敏的脑子像一张白纸,似乎扎入胸口的那几刀,扎透了心,过去种种虽无乐意,但并不触及生死。而眼下的事，彻底合上了她仅存的念想。

苏敏绝望到不知所措，放任一切自流。她第一次真正意识到自己是傻了，不记得自己是否打了麻药，只记得缝合的时候一点都不痛，或许刀扎入胸口的那一刻，已经痛过了。

"自杀过了，就不想再去死。"苏敏抬头看着镜头，她的眼睛发红了，像受了河风吹，脸上挂着清水洗涤的痕迹。她用有些黑瘦枯干的手比划着，暂时放开了怀里的保温杯，将衣服的前襟松开。一股凉风从远处吹过来，卷起地上的碎纸屑，苏敏用双手环抱住自己。

苏敏说她现在听不得"想法"这两个字，一场闹剧，让它成为苏敏的禁忌。

"就怕别人问我有什么想法。"

事情虽然已经过去，可有些情感再也回不去了。就像那几个刀痕，伤口早已愈合，可只要一碰触，就会把苏敏拉回那天。而那天的一切，就算她埋藏得再深，也是抹不掉的存在。

3. 分歧

一切走到今天这个局面，并不是无迹可寻。就像她出行前并无目的地，但行至此处，同样有迹可循。

在西双版纳，有句话是这么说的：总有一天，你会以任何方式来到这里。刚来到西双版纳的第一天，苏敏就从一个小伙子口里听到。她喜欢这句话，像是冥冥之中的注定。30多年前，苏敏也以为丈夫老杜是自己的命中注定。她当年轻率的举动，决定了自己而后30多年的命运。等回过神来，她渺小的身影，守着身前的界限，发现自己似乎和人世间所有的快乐都无缘。

到现在，苏敏都认为婚姻是两个人的事，即便她不再抱有希望。

"你说，一个人再使劲儿，但边上那个人不动，也没辙。"苏敏和一直跟着她的小伙子闲聊。在苏敏的认知里，想要维系一个幸福的家，要共同努力，且要奔着一个方向使劲儿。

3个月的时间，苏敏已经熟练掌握如何面对采访和拍摄。她有着极强的接受新事物的能力，对于56岁这个年纪的人来说，并不容易。

"有个网友说，好羡慕我的勇气，逃出来的勇气。"苏敏开着车，眼睛直视前方，说话的间隙还不忘用手去推了推眼镜。这副深红色的方框眼镜很适合她，至少从表面上来看。戴上眼镜的苏敏，有了一点知识分子的模样，褪去了一大半苦难生活的印子。

"对，很多人都很羡慕您。"小伙子叫苏明，是苏敏的本家，今年刚满26岁，拥有不错的专业技术能力，似乎也懂得与这个比自己妈妈年纪还大的阿姨交流。

"羡慕我的勇气？我是不走不行。"

讲述自己的过去就像是在说别人的故事,苏敏平静了许多。

"如果有一天,你也被生活逼到了这个份上,无处可躲,除了死,就只能逃了。"苏敏说得没错,如果不逃离,她会窒息。尝试了死,没有死掉,那就只能逃。

可苏敏没有预料到,这一出来就再也回不去了。自己越走越远,心也越来越远。她享受这种距离上的分别,像是隔绝掉所有的琐碎。

"要不是为了帮女儿带孩子,我们不可能在一个屋檐下相处那么久的时间。"

苏敏给女儿带了三年半的孩子,丈夫老杜也在。他们一家6口人,挤在女儿两居室的家中。为此,丈夫老杜特意提醒女儿买个上下铺,这是答应来带孩子最重要的要求。

白天的时候,苏敏和女儿一人负责一个孩子,做饭的时候,还有带孩子们去小区玩的时候,老杜能帮忙照看一下。和老杜一同出门,苏敏有些抵触,可也没其他的办法。

在外面,丈夫老杜不准苏敏和任何人说话,小区里遇见邻居也不能停下来攀谈几句。名义上是视线绝对不能离开孩子们,实际上老杜并未在自己身上履行,他会不时拿着手机看,有时候也会和相熟的邻居聊天。苏敏对此不敢多言。

到了晚上,孩子们睡了,苏敏才能休息。有时候苏敏宁愿累着,也不想回屋。她闭着眼睛就能猜到,丈夫肯定翘着二郎腿,躺在下铺的床上玩手机。

"太闹腾,根本就不管你是不是要睡觉。"

"而且还无话可说。"

苏敏在床安好的第一天,就主动选择了上铺。她不想和老杜争,也惦记着他的身体不如自己好。没想到,睡了一阵子后,她反倒还觉得上面更舒服。

"戴上耳机,躲在被窝里,谁都看不着。"戴着耳机的苏敏,觉得自己处在一个旁人触碰不到的空间里。

"黑夜的宁静,能暂时给我一些安慰。"然而苏敏也清楚,清晨一旦苏醒,她就又将处于困境之中,沉重的枷锁会自然地到来。

在这样一个逼仄的空间下,苏敏建立起了一道隐形的墙,来收藏仅有的自己。在时间的流转下,两个人各自安好,貌似相安无事。

"终于到了小时候羡慕的年纪,却没有办法成为小时候想要成为的人。"说完这句话,苏敏把车停在去普洱的国道上,准备下车录一段视频。

苏明要给她做一个十几分钟的短纪录片,需要苏敏配合提供一些素材。他们商议展现一段在路上的情形,所以决定一起度过几日。无人机升上天,拉长的视角下,出现在镜头里的苏敏越来越小,像是一点点地脱离了成人世界的苦难。

"只想做回我自己,去看看外面的世界。"一身红衣的苏敏说道。

4. 好朋友

普洱没能进得去,苏敏和苏明被边防人员强制劝返。眼下这将近150公里的路算是白跑了,再跑回去,统共300公里。苏敏有些郁闷,"眼看路都要走到终点了,又喊我们回到起点。"解释、商量都没有用,没有办法,两个人只好开着车往回赶。一路上苏敏一言不发,苏明也不敢多说话。

"阿姨,你开的真是跑车,我马上要吐了,慢点转弯。"大概过了1个小时,苏明用手去挽了挽苏敏。

听到苏明这么说,苏敏才拉回神儿,瞬间就笑了。她不是生气,只是有点怄,当天在商量怎么走的时候,一北一南,苏敏选择朝北走,这才弄得白跑一趟。

"怪我,怪我。"回到景洪的苏敏,还在嗔怪自己。

"没事的,追寻自由的过程,也有障碍。"苏明连忙安慰苏敏,看着眼前这个可以做自己妈妈的阿姨,苏明怕她过分自责。

出来到现在,走错路的情况,苏敏不是第一次遇到。只是这一回,有苏明在身边,苏敏觉得有些不好意思。以前在郑州的时候,丈夫老杜开车走错过几回路,坐在副驾驶位上的苏敏不敢说话。她怕一开口,自己就变成了"炮灰",所以在回来的路上,就下意识闭上了嘴。

第二天一大早,苏敏正在洗漱,对着一块碎掉的镜子。镜子少了一块,在左上角,但不耽误使用。苏敏的人生版图也少了一块,现在在全力补救。

"你这车,车前保险杆掉出来了一截,你怎么开的?"一个大哥举着个小烟杆,穿着拖鞋,站在苏敏车前瞅。

"啊,我不知道啊!"拿着牙刷的苏敏赶紧跑上前来,"哎呀,真是,可能是去普洱的路上颠了一下。"

"这可怎么办?"苏敏一边说话,嘴里还淌着泡沫,一个劲往外冒。

"没事没事,我去拿工具给你修修。"看着苏敏着急忙慌的样子,大哥忍不住乐了。

车没有大问题,没过一会儿就修好了。等苏敏递上矿泉水的时候,她才晓得,眼前这个大哥姓杨,一个人开车出来旅游已经2年了。

"算是你的前辈吧,这几天我带你好好转转,叫我老杨就好。"杨大哥梳着一个大背头,在头顶扎着个小辫子,黑白相间的发色糅合在一起,再配上一身褐色的运动衫,一双网眼拖鞋,有一股疏离人世的味道。

老杨见苏明举着摄影机一直跟着苏敏,可他一句多余的话都没问。或许出门在外,不刻意打听别人的事,是他早已养成的习惯。

趁着吃饭,苏敏主动给老杨说起了自己的情况。听了个大概轮廓的老杨,依旧什么都没说,只是用力点了点头,把手中那用竹子削成的烟枪抖了抖。

一时间,苏敏在西双版纳对接了几波媒体,颇有些意味,至少来说,他们的到来,给了苏敏一种判断,"走出来没有错"的判断。

到了中午,又来了一个小姑娘。这次来的姑娘是个北京大妞,刚见到苏敏就给了她一个大大的拥抱。她笑得像太阳花一般,让苏敏和老杨叫她沉沉。

"沉鱼落雁,我就是沉鱼。"沉沉留着个齐耳的短发,把眉毛漂得发白,她32岁了,可你在她的容颜上找不到真实年龄的痕迹。

"你像个刚满20岁的小姑娘,可为啥要把眉毛弄没了?"苏敏是一个容易受外在情绪影响的人,一眼就喜欢上了这个随时在笑的姑娘。

"苏阿姨,你不觉得这样才是真的自我吗?自由如我,自在如我。"沉沉一刻都没停,手舞足蹈,像是上了发条的玩偶,只等电力耗尽才肯罢休。

"对对对对。"接连说了四个对的苏敏,还不忘一直点头,"以前不能明白,也不能接受,现在还是不明白,但是能接受。"

"你看老杨,几十岁的人,还梳个小辫子呢。"苏敏抬起头,用手扯了扯老杨脑袋后的辫子。

四个完全没有交集的人,因为苏敏这个支点,坐在了一张饭桌前。这样的情形,在苏敏的前半生里无从设想,而出现后又是如此自然,彼此毫无生分。

老杨自称半个西双版纳人,做了东,请几个新朋友吃了顿烤鸡。他们约好隔日去泡个温泉,"当地人才去的那种。"老杨说道。

吃饭的地方,离告庄夜市不远,温泉暂时泡不上,几个人决定

下午的告庄,苏敏在大金塔前照相。

去夜市逛逛。出门到现在，苏敏在成都花 198 块钱买了一顶帽子，在丽江花 30 块钱买了一件披风，除此之外，再无此类的支出。

"想买条裙子，我看大家都穿。"这个紧临东南亚的边境城市，同样也是好几种少数民族的聚集地，穿一身富有热带气息的服装，是标配。

花里胡哨的色彩夹着新颖的样式，在这里并不奇怪。甚至可以说，穿像黑色、灰色这样晦暗的色调，在这里反而容易让人跳戏。

"没有人会觉得你奇怪，你想怎样都可以。"老杨手里的烟枪一直没有放下过，这个约莫十厘米长的竹竿子，他无时无刻不握在手中。

"多待几天，你就明白了。"老杨看着苏敏，粲然一笑。

几个人轮番上阵讲价，苏敏最终买到了一件及膝的红蓝色连衣裙，花了 100 元。沉沉见大家热情不减，说要请大家喝当地的咖啡。透明塑料袋里装的褐色咖啡，一个人拎着一袋。

"是不是超级好喝？"沉沉瞪大了眼。

苏敏举高咖啡袋，低着头朝吸管猛的一吸："哇，真好喝呀！"

苏敏的性格在耿直下暗藏马虎。昨天晚上去逛夜市前，她说要回车上拿东西，取完东西后，又回去收了晾晒在停车场的衣服。可折回来后才发现忘记锁车门，等到把车门锁好，又发现忘记给 GoPro

充电。

前段时间去成都录节目，她人都到了机场才发现没带身份证，身份证还和驾驶证叠在一起，卡在挡风板上。

"重要证件都在头顶，车在，证件就在。"苏敏回忆起前段时间发生的事情，不禁呲牙笑了笑。

送走苏明，老杨决定带苏敏和沉沉去泡温泉。到了才发现，老杨口中"当地人才泡的温泉"是混泡，因为他们去的时间是下午，老杨给她俩单独要了个池子。

"下次早上6点来，洗第一波。"老杨的细心超乎寻常，完全被掩盖在他的外表下。

两个人像是突然得到馈赠的糖果的小孩，穿着一粉一蓝的泳衣，上蹿下跳。一边泡温泉，苏敏一边问沉沉："你怎么不采访我呢？没有什么问题要问吗？"

"我需要的。我用眼睛去观察，足够真实。"沉沉用脚打了打水，在露天泡池中扬起了头，"真舒服呀！北京可没有。"

"对呀，真舒服，郑州也没有。"苏敏也扬起了头。

5. 苏敏、沉沉、老杨和我

我给苏敏打第一个电话的时候，她正在温泉池里抬头看天，感受阳光，领略风。等到泡完温泉她才给我回电话，我赶紧订下第二天一早飞往西双版纳的航班。

"你好，我是苏敏。"这是我在电话里听到的第一句话，温婉中夹着礼貌。

脑子里的声音和视频里的形象有些出入，一时间让我有点不知所措。落实好苏敏的时间安排、具体位置，告知她我落地的时间后，我客气地挂上了电话。

"一切顺利。"我嘱咐自己。

12月24日，见到苏敏的那一刻，一切的担忧烟消云散。从机场打车到苏敏的停车点，刚好是早上8点半，苏敏戴着眼镜站在马路边上，对着刚从出租车上下来、同样戴着眼镜的我挥手。

苏敏穿着一件黑色T恤，上面印着"快手宝贝"四个大字；我也穿着一件黑色T恤，上面印着"baby"四个字母。突然间，从这个细小的情节中，我就找到了归属。

"这是沉沉，这是老杨。"苏敏给了我一个大大的拥抱后，搂着我靠近车前。

"今天我们要去整理一下车，让老杨帮忙，把不用的东西都邮寄回家。"

"这样方便我们轻车前行。"苏敏把披着的头发用一个发圈束起，动作麻利。

为了庆祝再一次变成四人组合，苏敏带大家去吃米线。平日里，苏敏的早餐都是鸡蛋配牛奶，省钱也方便。

吃完早饭后，老杨开车带路，找了一个他朋友的茶叶店门口停车。

"在这里不影响别人，渴了还可以进屋喝杯茶。"

"有电，有水，还有厕所。"在老杨眼里，可以同时具备以上几个条件的地方，实属难得。一个人开车出来自驾游的他，甚至连帐篷都省去了，直接睡在车内。对于生存模式，他自有一番心得，超过苏敏。

自从他轻而易举地把苏敏的车修好后，苏敏对他也是十分肯定，还夹杂着一些崇拜。他们其实并不属于一类人，但因为目前相同的处境，让苏敏有了一分肯定，她主观地认为，他们在某处有着重要的交集。

"你帮我看看，不然我还真发愁。"一边说话一边挽起袖子往车后走的苏敏，准备大干一场。

"没问题，先把可以掏出来的东西全部掏出来，剩下的就好办了。"老杨举起了他的烟杆，它像是教课老师的戒尺，可以指点对错，甚至指导人生。

反而站在旁边的我和沉沉，似乎有些多余。

"不用你们帮忙,你们看着就成。"

刺眼的阳光,将茶叶店马路对面喜来登酒店门口铁栅栏的影子铺在地上。苏敏粉红色的游泳衣挂在栅栏上,投下一小朵阴影,像是多出来的一块。

套着黑色羽绒服的沉沉,像是罩在一张巨大的睡袋里,和穿着短袖的我一起站在马路边上,让人分不出此地到底处在何种季节。眼看两人刚把车里的东西全部掏出来,茶叶店的老板就开车过来了。

"进来先喝茶,慢慢收。"

"朋友的朋友,都是朋友。"老板叫满爷,人如其名,眼睛里都是热情,快要溢出来了。

坐在主人位上的满爷,亲自泡了两种茶,分给长桌上的几个外来客。

"我真是粗人,喝茶如牛饮。"苏敏坐在长桌的最外沿,举起杯子一口闷下,或许她是真的渴了。

接连喝了三杯茶,苏敏起身又去收拾。四块车载窗帘、半瓶用矿泉水瓶子装的红酒、五格抽屉箱……老杨一边拿一边丢;车载冰箱、大行李箱、多余的凳子、猴子玩偶、穿不上的衣服,老杨给苏敏统一汇集起来。

"全部都邮寄回去,这些一点用都没有。"站在老杨身后的苏

老杨帮苏敏整理收拾，打包了大量的东西。

敏像个小孩，一个劲儿点头。

出来两年的老杨，保持了绝对极简的作风，在他的车内，几乎找不到多余的物什。就像是这个人的过往，也找不到追溯的线索。

收拾整理耗费了整个上午，满爷做东请大家吃了一顿正宗的云南菜。接连几天下馆子，苏敏胖了好几斤。刚出发那段时间掉的五六斤肉，没几天就补回来了，还附赠了四斤肉。

"好不容易开心起来，不想再去破坏自己的心情。"苏敏朝坐在她左边的我笑了笑，笑完不忘又侧到右边，朝沉沉笑了笑。

这个动作总共持续了10秒钟，透露出的却是苏敏几十年来的处事风格。

吃完午饭后，苏敏的手机响了。

"上海移动，不认识的号码。"

"喂，你好，我是苏敏。"熟悉的几个字，让我瞬间明白，苏敏之前电话里的客套是一种习惯。她不知道对方是什么人，保持礼貌，不会出错。

接完电话后，沉沉告诉苏敏，她将要坐晚上的航班回北京。这几天的陪伴，让她搜寻到了足够的素材。

"我走了，你和阿姨才方便，车子里坐三个人，有些费劲。"沉沉低头向我解释，说完话抬起头，我看见白眉下一对熠熠生光的眼仁，好美。

又喝了几泡茶后，沉沉说要去市场看看傣族服装。老杨开车，顺便说陪我去买一床厚被子以便出行使用，而后又陪苏敏去买了几大桶水，替换有些鸡肋的水箱。

"给我，我来帮你拿被子，不然重。"苏敏一把抢过我手里的被子，双手放空的我，只好干看着眼前这个56岁的中年妇女。她像是一个电力充足的机器人，一摆一摆地走在我的前头。

饯行晚餐是在满爷的茶室吃的。老杨从车上拿下来一大壶白酒，满爷要了一箱子啤酒，说是要庆祝新朋友相逢于平安夜。

"宁叫肠胃穿个洞，也不让感情留条缝。"前段时间，苏敏刚从同学嘴里学了这句话，转眼就用上了。

"在理。"围坐在圆桌前的几个人举起杯子，"平安夜快乐。"

越过山川

1. 再见,西双版纳

平安夜很平安,虽说没能吃上苹果。头一天在市场,老杨提议买几个苹果,苏敏说自己车上有,等到要吃的时候才发现,苹果早已烂掉了。

"就想着平安夜吃,没曾想,坏了。事情想到了就得赶紧去做,东西想吃就该立刻去吃。"

第二天一大早,对于昨天没吃上苹果的事,苏敏有些抱歉。

"我们到海南吃椰子去。"

"走,今天就走。"

"不能再麻烦他们了,太不好意思了。"苏敏粲然一笑,顺着帐篷上的梯子跳了下来。

没曾想刚收拾完，就碰到了老杨。他早上5点半就起来了，6点钟赶第一波，去泡了10元一位的温泉，这会子刚回到车跟前。

"给你们煮个粥，喝了再走。"

"很快，20分钟就好。"说完不由得苏敏回绝，老杨就把高压锅掏了出来。

苏敏见粥已煮上了，自己又去架火，煮了几个鸡蛋。

"一起吃。"

等到吃完早饭，收拾利索，坐上车，1个小时过去了。

"该走了，有缘再见，老杨。"苏敏戴上眼镜，侧身去拉安全带。

"走吧，注意安全。"

"你叫了我这么久的老杨，其实我比你小十几岁呢。"老杨满脸挂着笑意，摆了摆手，手上难得没有拿着烟枪，像是在进行一场官方的告别。

"原来他才40多岁，怪不得他昨晚说再也回不去了。"

"看来是真的有故事，看来是真的回不去了。"苏敏的话意味深长，像是懂了。出来到现在，苏敏遇到过各种各样的人，每一个人都带着过往的故事，出来追寻新的人生意义。

出城的车有些多，苏敏随时瞅着导航，生怕在市区里走错路耽误时间。在这之前，她走边防公路去普洱被劝返，而这一次我们必须经过边防公路，奔向江城。

苏敏有点担心，从西双版纳往江城的路需要顺着边境线走，路途中随时都可能出现检查站，检查过往车辆。

"会不会赶我们回来？"我抬起头盯着苏敏，希望从她嘴里得到一个答案。

"走走看吧，不行的话，解释解释。"苏敏安抚着，眼神有些闪烁，其实心里没有底。

一路都是盘山公路，直射的阳光被遮盖住大半。随着海拔上升，进入武易这一带的原始森林，因植被增加带来的生机，又渐次归于乌有，被寒冷和封闭带来的贫穷取代。

路上的小车不算多，但是有不少大货车。

"山路弯弯，像肠子一样。"苏敏说完，用力踩了一脚油门，小车估计是负重太大，并没有出现明显的增速，有些像托着龟壳匍匐的乌龟。

苏敏并没有表现出太累的状态，她像是一个极具经验的老司机，在踩油门和松油门之间自如切换着。直到在弯道超车8次后，我憋不住，提醒道："弯道超车有些危险。"

"你不超车就永远是弯道。"苏敏并没有侧过头来看我，只是双手再次用力握紧了方向盘。

"找个地方给你做顿饭吧,都12点多了。"苏敏一本正经。山路有些窄,小弯缠绕,没有找到合适的位置,只好往前开。最终在下山的途中,发现了一块由碎石铺成的空地,旁边是一间废弃的土房,房子外墙上面写着"加水站"三个字。

苏敏一打舵,车身一摆,停住了。她下车从后备箱掏出工具,拿出头一日在市场买的青菜、鸡蛋,支起小桌子,整个过程极其流畅。

15分钟后,两碗裹满麻酱的面摆在铝合金折叠桌上。

"好吃,麻酱面。"

"我们要路过蒙自,带你去吃正宗云南过桥米线。"我举着碗朝苏敏说,"在大山深处吃面,还是第一次。"

"好的,我去看看过桥米线到底有多少座桥。"苏敏豁口的牙齿,总是在大声说话的时候异常明显。

吃完饭不敢休息,还有100公里才到江城。下山的路比之前好走,苏敏笑着说:"道路都从羊肠小道,变成了猪肠大道。"

赶到江城的时候刚到下午6点。江城不是何伟书中的山河之地——涪陵,它只是云南边境上的一个哈尼族自治县,与越南、老挝两国接壤,因李仙江、曼老江、勐野江三江环绕,故名江城。这个居住着约25个民族的小城,守着长达183公里的边境线,像是与世隔绝的孤岛,独自安好。

在进城的路上，我们很顺利地寻到了一个露天停车场。免费、有水、有厕所、有灯，完全符合苏敏的要求。

在停车场边上有家卖点心的店铺，苏敏提议买几样点心带着路上吃。小店狭长黝黑，卖的商品只有月饼、饼干等三四种甜点，统一都是泥巴色，像是怕打破小店的风格，故意保持了低沉的气息。

"怎么卖的？"苏敏一把拉过站在门口的我，把我的手挽进她的胳膊里，像是在传递一种安心。

"看你要哪种？"从黑暗中站起来的店家，是个上了岁数的男人，面部的表情和半空的货架一样，蒙着一层说不清的薄灰，在昏黄的日光灯下，有些悲寂。

"买30块钱的吧，你都装点。"不知道哪一种好吃，苏敏决定全部都要。等到老板装好，整整有两袋子之多。

实惠的价格和只能收现金的行为，就如同这个寂静无声的城市，并没有因为外人的闯入而受到打扰，有所改变。

在路边小馆随意吃了一口晚饭，苏敏让我去洗漱，她先回停车场撑帐篷。苏敏早已习惯独自完成这项睡前事项，每日重复的动作，苏敏熟络于心，10分钟不到，帐篷里里外外就布置完毕。苏敏怕我不习惯，在帐篷里的支撑梁上特意挂了两个除湿袋。

"爬进来，就可以睡觉。"坐在帐篷门边沿的苏敏朝我挥挥手，帐篷内的灯泡发出黄光,氤氲柔和,将苏敏笼罩在里面。

"嗯,肯定会是个好觉,就像昨晚。"我扬起了头,笑道。

2. 元阳梯田

从江城出发时已经过了早上 9 点。8 点不到,苏敏就去早市买了些蔬菜,拎着两大包菜回来的她,一个劲儿说太便宜了。一把菜一块钱,两包菜才十几块钱。

出山的路也是进山的路,没有终点。一路上都是边防检查,到中午 12 点还没有跑出 100 公里。本来想要赶到蒙自,临时决定只赶到元阳。

有一段路,也就 10 公里左右,遇到了两次检查。每一次停车,苏敏都看我一眼,不说话,但她的鼻尖都是汗。这些天,每当苏敏开始紧张,她的鼻尖都会渗出汗水,一颗一颗的,布满鼻头,似乎是在等最后的聚集。

"我们也想走高速啊,可是没有。"苏敏站在登记台前,仰起脸看着眼前比她高出一个头、全副武装打扮的警察说道。她有过一次被劝返的经历,不想再出意外。

"对,确实没有。"警察是个年纪不大的小伙子,抬头瞅了一眼苏敏,隔着消毒面罩的一双眼睛,透过屏障检视着对方。

连续两次下车,苏敏都忘记拿身份证,等警察要身份证进行登记的时候又赶紧跑回车上取。一来二回,加上天气热,人又紧张,苏敏鼻尖的汗顺着往下滴。等登记完毕上车,苏敏长吁了一口气:"应该是没问题了,不然劝返了可真麻烦。"

中午在山间的一个小食铺买了几个馒头,苏敏把早上买的菜炒了,做了西红柿炒鸡蛋和西兰花。吃完午饭,苏敏说休息一会儿,平日里赶路都是她一个人开车,到了中午她总是会找个地方,眯上半个小时。

"冒险家也要休息。"

考虑到梯田的日落会在下午5点半到6点之间,苏敏不想错过。最后我们商量决定,由我替苏敏开车,她在车上睡会儿。

"有些东西错过了就是错过了。"已有几十年人生经历的苏敏深谙此道理,半闭着眼睛向我传授。

等到苏敏睡醒,1个半小时过去了。国道一面夹着江水,一面靠着山壁,车子在群山里穿梭,望不到头。头顶上方立起的高架石墩,是高速公路的石基,扑面而来的灰尘,在无数的卡车轮毂卷动下,腾在低空中,最后落在眼前的挡风玻璃上。

"路太烂了,没办法走。"1个多小时,跑了不到40公里,我有些沮丧。

"我来开，你歇会。"苏敏确定自己是睡醒了，喝了一口水壶里的水，戴上扶手筐里的眼镜。

苏敏开车就像她的性子，在接连超了一辆挖掘机和奔驰后，我们准时在日落前赶到了哈尼梯田。

眼下不是稻谷季节，成片的水田，同镜面一样整齐有序地排放在山间。元阳地貌，山高谷深，沟壑纵横。一路开车过来，始终被众山围绕，山地连绵，层峦叠嶂，夹着无数的江河支流。所有的梯田都修筑在山坡上，梯田坡度维系在15度至75度之间，如同银色腰带的沟渠，将四周的大山缠绕，从箐沟中流下的山水被悉数截入沟内。

"大地的艺术品。"苏敏站在一处观景台上，举着GoPro说。

从旅游的角度来说，苏敏没有做过攻略，不懂其表；从地理专业角度来说，她非科班出身，更不懂其里。

身临其境的苏敏闭上了眼，深深吸了一口气，似乎在用肺腑去感受它的气息。在日落的进程中，我用手机给苏敏拍了一张照片，背光下，她身后的梯田被夕阳浸染，仿佛裹上了一身红装。站在天然幕布下的苏敏，笑开了花。

怕在山顶睡帐篷太冷，我们最后找了家民宿住一夜。一进门，苏敏就被几个游客认了出来，原本还有些倦意的她，一扫两日来的疲惫，几个人在大厅的沙发上聊了1个多小时，直到晚上9点直播

大地的艺术品,元阳哈尼梯田。

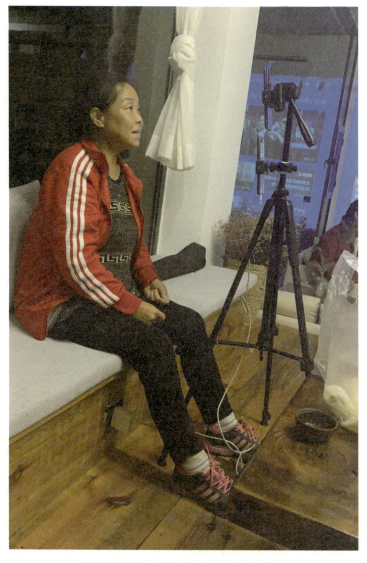

苏敏在认真直播,却因为聊得太尽兴,错过了晚饭。

开始,苏敏才意识到连晚饭都错过了。

"真的很开心,传递了正能量。"苏敏说道。

传递正能量的何止这一次,一路走来,苏敏奋力拯救自己,而她的经历,在网络上传播,也救赎了别人。

房东告知日出会在早晨7点半左右。等到阳光透过落地玻璃打进屋里的时候,我才发现苏敏已经出去了。出门的时候,她特意把床面铺叠得整整齐齐,像我们刚进来时一样,连一个褶皱都没有,要不是门口的那一个小包,根本看不出这里还住了多余的人。

我收拾好,出门寻她,只见一个身影在不远的田坎上,和水田近乎同色的卫衣将整个画面汇成一体,使她看上去像是空旷无垠的田野上的稻草人。

远处把大半山麓遮盖住的云雾,似乎在眼前移动,伸手可触,又无法真正捕捉到。直到我大声叫她,苏敏才从田埂的世界里抽离回来。

"人类的智慧真的太伟大了。"苏敏被眼前的景色所吸引,嘴里一直重复着这句话。

询问了当地人后,我们决定绕道上高速。边境国道的检查太多,将要进入广西地界时,群山环绕,不可控的因素也让我们心里没底。

苏敏昨日接到电话,她需要尽快赶到湛江,有几个媒体人在那里等她。从元阳哈尼梯田下来,在个旧上了高速,我们擦着蒙自的边儿一路往东南而去。

"没能吃到蒙自过桥米线,没办法看看到底有多少'桥'。"

"早餐已经吃到了,还在桥上放了两个鸡蛋。"苏敏打趣道。她无心嬉皮的话,安抚排解着别人的情绪。这种特质,是与生俱来的天赋,还是多年苦难生活的产物,我们无从可知。

3. 勇气

选择上高速是明智的。云南境内的天猴高速就如同名称一样,像是被夹在天地间的猴子。越往前走,山面的植被越矮小,光秃秃的山壁看不到生机,长得像奶头的山峰也少了些川陕地区山脉的气质,看不出险恶逼仄。萦绕在四周的雾气,像是在提醒车子依旧行在山间,没有逃脱。

"像不像龙宫仙境?我们像是登入了电视剧里的仙山。"苏敏一边开车,一边喊我帮她录一段视频。

"我们晚上看来要找个服务区过夜,看看导航,找那种有刀叉标志的服务区。"苏敏不忘了提醒道。对这种细节的留意,和她有些马虎的性格相违,让人分不清到底哪个才是她。

我告诉她,她一点都看不出来像是得过重度抑郁症的人,苏敏用手挠了挠头。

"梁静茹没有给我勇气，我给了自己一份勇气。"挠完头的那只手放回到方向盘上，苏敏侧过头对我露出微笑。微笑中有一种热烈的神情，似乎还年轻，却又不是真正的小姑娘，或许常年不变的生活被改变，有种东西被搁置，又同时保存下来。

"以前病得厉害的时候，我把自己一个人关在卧室里大喊大叫，自己都觉得自己疯了。"苏敏想起吃药的那段日子，在医院里的忐忑，在家里的狂躁，以及无法安抚的内心。

在医院边上有个小公园，有段时间，苏敏拿完药就会去那里转转，园子里有些小动物，像是被人故意圈养的，她总能感到自己如同眼前被禁锢的动物，把握不住自己的命运。

"高速跑起来就是好。除了贵，没一点毛病。"刚说完这话，苏敏就听见"铛铛、铛铛"的金属击打后车玻璃的声音，连忙靠着紧急停车带停车。

下车一看，原来是帐篷的固定绳索滑开了，绳索上面的不锈钢铁片随着行车速度上下摆动，击打着车窗玻璃。

"怎么会掉？以前从来没有过，是不是早上走神了，用力不够。"苏敏绕到后备箱，拿出尖嘴钳，双脚踩在轮胎上，伸手去把滑掉的固定绳索拉过来，最后再拿着尖嘴钳用力一拽，这才拴紧。

"手的力气可真不够,得拿个工具才好使。"尖嘴钳是苏敏收帐篷的必备工具之一,还有一个必备工具,就是擀面杖。

从西双版纳出发那天,第一次见苏敏用擀面杖收帐篷,我就觉得眼前这个中年妇女是个"宝藏女孩",总有新奇之处。

拴紧后的固定绳索没有再散开,一路上车不多,在广西那坡县的服务区驻好车,时间刚过下午5点。眼看时间还早,苏敏说要擦擦车。昨天稀湿的烂路,让白色车身染满了泥浆,车顶的帐篷罩子上也布满了灰。

从后备箱取出一个折叠桶、两张不同颜色的小抹布,又在服务区的洗手间接满水,苏敏开始从后往前擦。不变的是,她依旧不让我插手。

这个有些枯干得像芝麻杆的身影,佝偻着,一点点去擦拭车身上的污泥,像是在抹掉过去的不幸。

矮小的身形里,还能在恍惚间捕捉到一丝往日温柔的情态。可能因为生活,她才强行把自己包裹起来,变成如今的钢铁战士。

夜幕降临,服务区里没有几辆车。这条中国最南端的东西横线,连接东南亚的大门,或许是受到疫情影响,才显得空寂。

刚洗漱完准备躺下的苏敏接到一个电话,一下坐了起来,绷直了身体,她的眼睛发直,身子其他部分仍在被子里。安静的空气中,

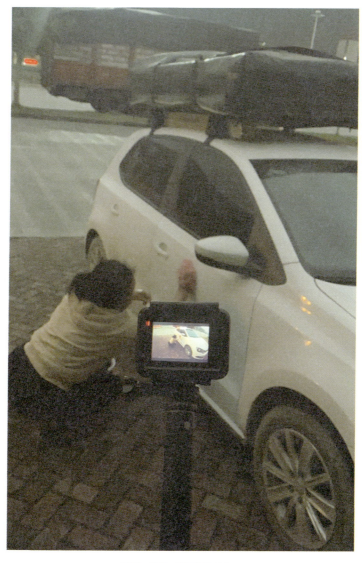

苏敏一遍又一遍把车擦干净。

下半截被子在微微抖动。苏敏不想表现出自己受到了干扰，可藏在被子里的身体，出卖了她。

"再逼我，我也没办法，你们到底想怎样？"

沉默、争吵，最后再变为沉默，苏敏挂上了电话。

"我弟用我妈的手机打来电话，来要钱。"苏敏用简短的15个字，解释了刚才5分钟的电话内容。她没有说最终结局，只是抬手把灯闭了，在床上辗转反侧了不知道多久，才发出低沉的鼾声。

情绪受到了干扰，第二天一早，她依然没有缓过劲来。刷牙的时候，她把洗面奶挤在了上面，直到刷完了才反应过来。洗漱完，苏敏给女儿打了电话，一则是关心外孙的咳嗽是否有好转，二则是让女儿替自己把这几个月攒下的几千块钱先还给他们。

"有时候真的理解不了。"

苏敏的思维长久地停留在这个地方，她做出无情姿态的同时又带着怜悯的心情，猜测着母亲的想法。她不明白这么多年以来，为什么母亲对她总是忽冷忽热，让人琢磨不定。苏敏是一个直接、洒脱的人，她没想过从物质上获得馈赠，她只希望母亲能说一句话，宽慰自己。可这样的希图，从未实现过。

"为了2万块钱，他们这几个月打了五六个电话了。"

"像影子一样，躲都躲不掉。"虽然没有躲掉弟弟，但是丈夫老杜自从打电话来要那 81 块过路费后,再也没来过电话。

对于这一点,苏敏说不上是不是高兴。

一时间,苏敏想起了丈夫,似乎瞄见老杜坐在沙发前,待在客厅里,目光空洞地盯着电视屏幕。这确实也是他几十年来在这个家里唯一做的事。

清晨的服务区,在太阳没有升起的时候,有些凉。一阵微风拂过,苏敏打了个喷嚏。

"走吧,接着走。"

出来到现在,一直都是苏敏自己洗车,这是第一次在专业的店面进行彻底清洗。

途虎养车工场店给苏敏的车进行检修更换。

4. 大陆与海

越走越平,气温也随即上升。生长的气息变得浓烈,似乎抚平了苏敏昨夜不安的记忆。听到明日可以渡海,苏敏很兴奋。

"等那几个人一到,明早就可以渡海。"苏敏开始在心里盘算,到了海南要吃一顿海鲜,要踏一次浪,要喝一棵树上所有的椰子。

"以前想喝,又怕不新鲜。"

"其实就是嫌贵。"说完这句话,苏敏忍不住捂着嘴笑了起来。

快要到湛江的时候,时间刚过下午 5 点。"虽然太阳高照,但是月亮依然准时出现。"苏敏突然冒出一句话，像一个阅遍生活的哲人，与她的容颜有些不符。

在靠近高铁站的停车场摆好车，苏敏提议去走走。不过没走一会儿，苏敏就有些不舒服。连续几天的赶路，再加之昨晚来自千里之外的影响，让她犯了低血糖。

苏敏开着车在夕阳中赶路。

我赶紧掏出包里的一块山楂糖给苏敏吃下。唯一的一块糖，拯救了她的心慌手抖。在路边的护栏下坐了好一会儿，苏敏说自己好了，可刚站起来的身体，似乎有一种歆侧。

"走吧，回去，煮面吃。"或许，苏敏煮的麻酱面，是她对自己疲劳一天最好的酬劳，可以救赎一切。

在西双版纳的时候，苏敏把猴子玩偶邮寄回去了，晚上睡觉的时候，她拿了个方形抱枕揣进怀中。物什虽然不一样，但庆幸还有可替代的。

早上起床时已经过了9点，一夜的酣睡，彻底洗净了苏敏残留的疲惫。她特意多煮了两个鸡蛋，怕渡海的时候晕船。

"多吃一点，应该就没事。"

刚吃完饭，苏敏的电话就响了。对方打来电话告知已经到达，约定10分钟后在高铁站出口碰面。没来得及换一套干净的衣服，苏敏就匆匆收拾好开车去迎。

一到出站口，就看见一辆黑色SUV在那停着，对方一眼看到了苏敏的车，从车上下来几个人，细看是四个小姑娘，清一色都是黑色卫衣配上黑色鸭舌帽。苏敏看见她们像是想起了什么，下车跑到后座找了一顿。没一会儿工夫，她戴着一顶黑色鸭舌帽走了过来。

"是不是这样子更配？好几天没戴了，差点都忘了。"戴着帽子的苏敏站在几个人的中间，没有显得突兀，反而觉得她们早已约定好，和自己是一路人。

眼前的四个姑娘，代表一家媒体过来给苏敏拍记录短片，渡海是其中的一部分。出发前，湛江的天气很好，苏敏觉得此刻要是站在甲板上，吹着海风，迎着浪，会更好。没做过多停留，互相认识后，两辆车就直奔海安新港而去。

　　从湛江下辖的徐闻县渡海有几个码头可供选择，苏敏在导航上随意选了"新港"，她说海那头是新的生活，渡海也讨个好彩头。海安新港渡海的车辆不多，不用排队，可上船的时候仍然被地面工作人员催促。渡海的车辆只能留下驾驶员一人，开进船体的一层或者负层，其余的随车人员必须下车，步行至船体的二楼。

　　"为了安全。"看见有摄像机在拍摄，一个戴着袖章的工作人员朝我们一堆人嚷嚷，嚷嚷完还不忘拉了拉胸前的衣服。

　　"紫荆十五号欢迎你。"苏敏举起握着方向盘的一只手，不知道是朝着面前的大船还是大海的方向挥舞着。

　　上船后才知道，苏敏的车是进入船体的最后一辆，我们这才明白过来，之前工作人员的催促是情理之中的事。

　　不知为何，船顶的甲板没有开放。上楼的梯子被两根绳子拦着，阻断了通往户外的道路。不想在舱内闲坐，苏敏拿着 GoPro 跑到二楼的窗户边，倚着铁窗的她，头发被海风卷起，像有一股力在往外拉扯。

在空旷的海域里，海水变成了清澈的蓝绿色，有些深不见底。

"海天一色。"苏敏看着前方，似乎有了一种坐拥天地的感觉。不一会儿，她将手顺着窗户的口伸了出去，此刻处在南海海面上的一只手，打得笔直，逆着风，发出呼啦啦的声音。

渡海的途中，苏敏望着大海陷入沉思。

而行驶中的船，带着同样的风噪，扫在渡海的轮船上，像是要带走一切，却又未曾改变什么。

苏敏站了好一会儿，觉得有些冷，不由得紧了紧身子，转身走进船舱。刚坐下一会儿，她就打开了话匣子，和前后邻座的一对夫妻攀谈起来。

"自己花自己的钱,走自己的路。"和大海有过亲密接触的苏敏,心情不错,有豁口的牙不时显现。

"对对对。"边上67岁的大叔接连说了三个对,举起了大拇指。

"我们现在就是,不带孙子,不管孩子,只图自己高兴。"大叔的媳妇比他大一岁,苏敏从她的脸上没有找到过多岁月遗留的痕迹,连连摇头表示自己不信他们都是奔七的人。

"以前总觉得女人必须要有责任感,其实都是自以为是的责任感。现在才知道,生活原来真的可以向人展现完全不同的面貌。"苏敏的话,恰如其分,一时间让在座的几个人齐齐抬头,望向了她。

不晓得在他们的心里,是否在琢磨面前坐着的这个晒得黝黑的中年妇女,到底具有何种魔力。或许,更多的是不相信,这样的人得经受多大的苦难,才能走到今天这一步。

下船的时候,苏敏从紫荆十五号开出来的车,并未随着面前的车流往出口去,反而径直朝隔壁一辆船开去,所幸安全员看见了,赶紧上前去沟通。

"苏敏到底是一个怎么样的人?"一个举着摄影机的姑娘朝我问道。

"性情中人。"我笑了笑。

坐着紫荆十五号,苏敏到了海口秀英港口。

5. 新年，新的希望

在苏敏 56 年的生命中，她从没有踏上过海南岛。唯一一次见到大海是在山东，女婿在放年假的时候，带着全家去青岛玩了几天，有苏敏，也有丈夫老杜。

苏敏记不得太多关于大海的情节，只觉得海鲜便宜，海水有些发灰，还有丈夫老杜发了一次脾气。在她的脑海里，丈夫老杜的脸上，只存在两种神情：一是对着她说话时，酸作一团的五官；其余时刻，看不到面部线条和神情的变化。

此刻，刚踏上海南岛的土地，苏敏觉得迎面扑来的空气异常湿润，其中还夹着一股咸味，即使处在少雨的季节。

在岛上的第一个目的地是文昌。来之前，苏敏从没听说过，但提及文昌是中国的卫星发射中心的时候，苏敏说似乎在老杜看电视的时候看到过。

因为一个热心的网友，苏敏得以找到住处。来之前，她本想找一处民宿落脚，从每月仅有的 2380 元退休金中挤出 1000 块钱来租房。直到前几天，一个网友给她打电话，让苏敏去自己在海南文昌的家中住。一开始，苏敏实在不好意思，但对方接连打来了四五个电话，苏敏才接受了这位网友的好意，虽然彼此未曾谋面。

一面大海，一面椰林，苏敏的车奔驰在路上。

"出来之后，才知道好人真多。我真的太幸福了。"说到这件事，苏敏总是会感慨一番，像是在说一件极其重要的事情。

在网友家，苏敏把自己帐篷里的被褥、衣服做了一次大清洗。看着清洗干净挂起来的衣服，苏敏多了层感悟："以前的衣服都太暗了，基本就是我生活的写照。现在我想多穿点花衣服，感受一下。"

"因为我属龙，龙就得又闪又亮。"苏敏看了太多的穿越、奇幻小说，不免受到些影响。

虽然苏敏的形象早已被岁月无情篡改，但只要一开口，她依旧是她。约定好第二天一早去吃早茶，细心的驴友提前就告诉苏敏，在文昌有一家当地人爱去的老爹茶铺。听到有好吃的,当了一天司机的姑娘开口说:"我看行,民以食为天嘛。"

"命都没了,你还为天。"苏敏打趣,用手轻轻地捏了一把说话的姑娘的腰。

在电话沟通的时候,听见姑娘的语调,苏敏假想了一个职业女性的模样。见面后,苏敏立马否定了自己的臆想,眼前这个长得像玩偶的姑娘,似乎和职业没有一点关系。

"看人还是不能太看表象。"苏敏像是在说给自己听。

吹了整夜的大风,住在驴友家里的苏敏半夜起来了三次,两次透过窗户向外查看,第三次干脆起来,开着手机的电筒,下楼彻底检查了一遍车。

"还好是睡在屋里,不然这么大的风,会不会吹翻帐篷?"第二天一大早,提起昨晚的大风,苏敏还心有余悸。

收拾完东西,几个人就去吃早茶。苏敏无法区分海南早茶和广东早茶的不同,走到饭店跟前嘴里还念着"广州早茶"。不过她吃饭的样子总是富有热情,像是从没有吃过这么好吃的东西。我吃完很久之后,苏敏都能从盘子里挑出东西来,就像挑剔的老饕,从碎末渣子里提炼出美味。

"不能浪费,不能剩菜。"苏敏从小就开始培养这些习惯,到婚后发展成极致。

"其实我挺喜欢多煮一点,可他每次都说算了,平摊费用也会计较。"

第二天一早,苏敏起床支开帐篷再一次做检查。

几个姑娘没让苏敏付钱,苏敏觉得拉扯起来也不好看。到下午的时候,苏敏说要下厨,想去海鲜市场买点食材回住处。

"明天就要跨年了,想请你们吃顿饭。"身为北方人的苏敏会做海鲜,也是在青岛那几日学的。为了满足大家的味蕾,出来前苏敏就在网上看视频,看完后,拿本子记下来。

不仅买了海鲜,还买了9个椰子。椰子10块钱3个,苏敏笑着说实现了椰子自由。

苏敏不让大家进厨房帮忙,一个人关在里面忙活。隔在门外的几个人似乎只能扮演倾听者,不知如何参与眼前的情形,就像大家并不能真正触及她的生活,尽管所有的物品摆在眼前,苏敏也在我们身边。

苏敏在直播时认识了一个网友,和苏敏来自一个地方。她打来电话,约苏敏明日一起跨年,后日一起去海花岛看烟火。出门在外,这种顺其自然的行程,苏敏很认可。在试图与森严的"婚姻制度"讨价还价后,苏敏越发喜欢出门在外的随心所欲。

12月31日那天,苏敏在茶几上摆出了四支口红,拿出了五套衣服,让我们给她做参谋。

"这件衣服是女儿工作后送给我的第一份礼物,花了400多。"

"这件呢子大衣是我所有衣服里最贵的，1300块。"

"豹纹风衣，闺蜜陪我买的，穿了5年多了。"苏敏一边介绍，一边挨个往身上套。每套上一件，她都会转一圈，以便让我们看得全面些。

苏敏几乎把自己所有的好衣服都带了出来，像是带着过往最美好的那些时刻。她一点点用双手把自己枯萎的日子翻过来，像少女时在山上林场翻弄劈成的木材。

我们表示衣服都很好看，苏敏就会咧开嘴笑，嘴巴上的口红似乎撑起了苏敏的整个容颜，淡去了风吹日晒的痕迹，再配上鲜艳的衣服，微微泛着红光。

她最后选了女儿买的花毛衣赴宴，毛衣里面有大片的红色，苏敏说这是个好兆头。网友王姐在家做了一大桌菜，还包了饺子。以这样的方式来迎接新的一年，苏敏是第一次。在婚姻生活中，丈夫每到节假日都会回老家，就算是过年都不会和苏敏一起度过，新年在苏敏的心里并没有留下甜味。这一次重尝，苏敏才发觉，这种想念已久的味道如此美好。

"我已经吃了56年的盐，现在我开始为生活加糖，这样的一生也算得上是滋味齐全。"苏敏和王姐一见如故，一顿饭还没吃完，就在讨论下一顿吃什么。

整个夜晚,苏敏几乎都没合上嘴,不是在吃饭,就是在笑。在喝了三杯红酒、吃了三块鸡翅、八只虾、十几个饺子后,苏敏打开手机,往自己的主页上添上一句话:"每一个人最终的归宿,都是自己。"

后记

苏敏的故事并未完结,属于她的人生才刚刚开始。

在 2020 年,56 岁的中年妇女苏敏,开启了一个人的自驾生活。她在路上跑了上万公里,途经及停留了 20 多个城市,在帐篷里度过了 180 多个夜晚,在途中结交了无数的朋友……

迈入 2021 年,已经过完 57 岁生日的苏敏,开始学冲浪,开始了环岛游。在新年那天,还在路上的苏敏,给自己的帐篷门帘上贴了一副对联,篷顶上的横批写着:吉星高照。

她坐在帐篷里笑道:"我终于活成了别人羡慕的模样。"

苏敏深知,在不日之后,与母亲、弟弟的僵局,像是隔夜水盆里的薄冰,会慢慢化解;女儿、女婿也会把孩子们照顾得很好,无需自己担心;而和丈夫老杜的关系,她不愿多想,"或许谁都没有错,只是误读了对方。"

苏敏计划着,在海南度过温暖的新年后,等春天来了,她再驾着自己的小车,顺着西南方向,再北上。

"接下来的日子,我会和生活同行,继续在路上,找回真正的自己。"

要过年了,苏敏给帐篷贴上了对联。

苏敏第一次尝试冲浪。

苏敏一边直播,一边给自己包饺子。